rowohlt repertoire
macht Bücher wieder zugänglich,
die bislang vergriffen waren.

Freuen Sie sich auf besondere Entdeckungen
und das Wiedersehen mit Lieblingsbüchern.

Alle **rowohlt repertoire** Titel finden Sie auf
www.rowohlt.de/repertoire

Die deutsche Erstausgabe erschien 1973 im Rowohlt Verlag.

Rechtschreibung und Redaktionsstand dieses Buches
entsprechen einer früher lieferbaren Ausgabe.

Veröffentlicht im Rowohlt Verlag, Reinbek bei Hamburg

Umschlaggestaltung Anzinger und Rasp, München
Druck und Bindung BoD - Books on Demand GmbH,
Bad Hersfeld
ISBN 978-3-688-10605-9

rowohlt repertoire

Buch

Judge McKelva ist tot, der gütigste und gerechteste Richter von ganz Mississippi. Er, der sich immer für einen Optimisten gehalten hatte, dessen Einstellung zum Leben vom Leben selbst durchaus jeweils bestätigt worden war, stirbt nach einer Augenoperation. Zu seinem Begräbnis kommen die angesehenen Familien der Kleinstadt zusammen und reden über Bridge, Rosen und Räucherschinken. Zwei Frauen nehmen die Kondolenzen entgegen: Fay, die junge Witwe, eine laute, egoistische Texanerin, die mit ihrer Sippschaft zu all der stillen Vornehmheit ringsum einen störenden, aber ungemein lebhaften Kontrast bildet. Und Laurel, die Tochter des Richters aus seiner ersten Ehe, die älter als ihre Stiefmutter ist und aus dem fernen, kalten Chicago herbeigereist ist. Laurel ist scheinbar ganz heimisch in dieser Welt, sie saugt sich noch einmal ganz voll mit Erinnerungen an ihre Kindheit und ihre Eltern. Und plötzlich wird ihr klar, daß sie unangenehme Vorfälle und schmerzliche Wahrheiten nicht mehr so einfach verdrängen kann.

Autorin

Eudora Welty wurde 1909 in Jackson, Mississippi, geboren. Dort, im amerikanischem Süden, sind auch ihre zahlreichen Kurzgeschichten und Romane zu Hause. Eudora Welty gilt als weibliches Pendant zu William Faulkner und als bedeutende Stimme des amerikanischen Südens. Für »Die Tochter des Optimisten« erhielt sie 1973 den Pulitzer-Preis.

Eudora Welty

Die Tochter des Optimisten

Roman

Aus dem Amerikanischen
von Kai Molvig

Titel der amerikanischen Originalausgabe:
»The Optimist's Daughter«

btb Taschenbücher erscheinen im Goldmann Verlag,
einem Unternehmen der Verlagsgruppe Bertelsmann GmbH.

1. Auflage
Genehmigte Taschenbuchausgabe Juli 1999

Umschlaggestaltung: Design Team München
Umschlagfoto: Ernst Wrba
Satz: IBV Satz- und Datentechnik GmbH, Berlin
RK · Herstellung: Augustin Wiesbeck
Made in Germany
ISBN 3-442-72497-X

Eins

1

Eine Krankenschwester hielt ihnen die Tür auf. Judge McKelva betrat als erster den fensterlosen Raum, in dem der Arzt die Untersuchung vornehmen wollte, dann seine Tochter Laurel, dann seine Frau Fay. Judge McKelva war ein großer schwerer Mann von einundsiebzig Jahren. Seine Brille, die er gewöhnlich an einem Band um den Hals trug, hielt er jetzt in der Hand, als er sich, flankiert von Laurel und Fay, auf dem thronartigen Stuhl vor dem Arztschemel niederließ.

Laurel McKelva-Hand, schlank und mit einem ruhigen, stillen Gesicht, war Mitte Vierzig. Ihr Haar war noch dunkel. Sie trug ein Kostüm, das durch seinen aparten Schnitt und Stoff auffiel. Für New Orleans allerdings war es zu winterlich, und der Rock war zerknittert. Ihre dunkelblauen Augen sahen müde aus.

Fay, klein und blaß in ihrem Kleid mit den Goldknöpfen, klopfte mit der einen Fußspitze auf den Boden. Sie trug Sandaletten.

Es war ein Montagmorgen Anfang März. Sie alle waren fremd in New Orleans.

Dr. Courtland, auf die Minute pünktlich, kam mit großen Schritten durch den Raum und schüttelte Judge McKelva und Laurel die Hand. Er mußte Fay, die erst seit anderthalb Jahren mit Judge McKelva verheiratet war, vorgestellt werden. Dann saß der Doktor auf dem Schemel, die Absätze auf den Quersteg gestützt. Achtungsvoll-aufmerksam hob er den Kopf, so als habe er hier in New Orleans auf Judge McKelva gewartet – um dem Richter ein Geschenk zu überreichen oder eines von ihm in Empfang zu nehmen.

»Nate«, sagte Laurels Vater, »vielleicht liegt es ja daran, daß ich nicht mehr so jung bin wie früher. Aber ich glaube fast, mit meinen *Augen* ist etwas nicht in Ordnung.«

Als stünde ihm unbeschränkt Zeit zur Verfügung, faltete der bekannte Ophthalmologe Dr. Courtland seine großen bäuerlichen Hände, deren Finger auf Laurel immer den Eindruck gemacht hatten, als genüge die leise Berührung mit dem Glas einer Uhr, um ihnen die Uhrzeit zu übermitteln.

»Ich habe diese kleine Störung genau seit George Washingtons Geburtstag«, sagte Judge McKelva.

Dr. Courtland nickte, als sei das ein angemessener Tag dafür. »Erzählen Sie mir etwas über die kleine Störung«, sagte er.

»Ich war wieder ins Haus gegangen. Ich hatte ein wenig die Rosen beschnitten – ich habe mich zur Ruhe gesetzt, wie du weißt. Und ich stand hinten in meiner vorderen Veranda und hatte ein wachsames Auge auf die Straße – Fay war nämlich irgendwohin entschwunden«, sagte Judge McKelva und neigte ihr sein mildes Lächeln zu, das einer mißbilligenden Miene so ähnlich sah.

»Ich war nur eben in der Stadt im Schönheitssalon und ließ mir von Myrtis das Haar legen«, sagte Fay.

»Und da sah ich den Feigenbaum«, sagte Judge McKelva. »Den Feigenbaum! Und die alten Blechdinger, mit denen Becky ihn vor Jahren behängt hat, weil sie meinte, das werde die Vögel abschrecken, schossen Blitze!«

Beide Männer lächelten. Sie gehörten verschiedenen Generationen an, waren aber in demselben Ort aufgewachsen. Becky war Laurels Mutter. Jene kleinen selbstgemachten Reflektoren, runde Scheiben aus Blech, hielten keineswegs die Vögel im Juli von den Feigen fern.

»Nate, du weißt so gut wie ich, daß dieser Feigenbaum hinter meinem Haus im Garten steht, nicht weit von der Stelle, wo deine Mutter ihren Kuhstall hatte. Aber er schoß Blitze nach mir, während ich in die entgegengesetzte Richtung sah, zum Rathaus hinüber«, fuhr Judge McKelva fort. »Also war ich gezwungen, die Schlußfolgerung zu ziehen, daß ich plötzlich rückwärts sah.«

Fay lachte – ein einzelner, hoher Ton, spöttisch wie der Ruf eines Eichelhähers.

»Ja, das ist beunruhigend.« Dr. Courtland rollte auf seinem Schemel ein Stück vor. »Jetzt wollen wir uns das mal genau ansehen.«

»Ich hab schon nachgesehen. Aber ich hab nichts darin entdeckt«, sagte Fay. »Vielleicht hast du eine von diesen Rosenranken ins Auge gekriegt, Schatz, aber ein Dorn ist jedenfalls nicht dringeblieben.«

»Allerdings hatte mein *Gedächtnis* mich im Stich gelassen. Becky hätte gesagt, es geschehe mir recht. Man soll Kletterrosen nicht beschneiden, bevor sie geblüht haben«, fuhr Judge McKelva im gleichen vertraulichen Ton fort; das Gesicht des Arztes befand sich dicht vor dem seinen. »Aber ich habe festgestellt, daß es Beckys Kletterrose nichts schadet.«

»Kaum«, murmelte der Arzt. »Ich glaube, meine Schwester hat immer noch einen Busch von einem Ableger von Miss Beckys Kletterrose.« Doch sein Gesicht wurde sehr still, als er sich vorbeugte, um das Licht zu löschen.

»Es ist dunkel!« Fay stieß einen kleinen Schrei aus.

»Warum mußte er auch in den Garten gehen und sich mit diesem Dornengestrüpp einlassen? Weil ich für eine Minute das Haus verlassen hatte?«

»Weil Washingtons Geburtstag der altehrwürdige Tag ist, an dem bei uns zu Hause die Rosen zurückgeschnitten werden«, sagte die begütigende Stimme des Arztes. »Sie hätten Adele bitten sollen, herüberzukommen und es für Sie zu tun.«

»Oh, sie hat es mir angeboten «, sagte Judge McKelva und tat den Fall Adele mit einer leichten Handbewegung ab. »Ich glaube, mittlerweile dürfte ich den Bogen rausha-ben.«

Laurel hatte ihm einmal beim Beschneiden der Rosen zugesehen. Die Gartenschere mit beiden Händen haltend, vollführte er gleichsam eine ernste Sarabande: ein Ausfall nach rechts, dann ein Ausfall nach links, als verbeuge er sich vor seiner Partnerin, und der Rosenbusch sah anschließend aus wie ein Fragezeichen.

»Haben Sie seither noch weitere Sehstörungen gehabt, Judge Mac?«

»Oh, eine gewisse Trübung. Nichts, was mich so beunruhigt hätte wie diese erste Sache.«

»Also, warum es nicht der Natur überlassen?« sagte Fay. »Das sag ich ihm ja dauernd.«

Laurel war mit einem Nachtflugzeug aus Chicago gekommen und gleich vom Flughafen hierhergefahren. Das unerwartete Wiedersehen war gestern abend in einem Ferngespräch vereinbart worden. Ihr Vater, in ihrem alten Zuhause in Mount Salus, Mississippi, telefonierte lieber, als daß er schrieb, doch diesmal war das Gespräch, was ihn anging, sonderbar zurückhaltend gewesen. Ganz zum Schluß hatte er gesagt: »Übrigens, Laurel, ich spüre da seit kurzer Zeit eine kleine Beeinträchtigung meiner Sehkraft.

Vielleicht sollte ich Nate Courtland einmal nachsehen lassen, ob er was finden kann.« Er hatte hinzugefügt: »Fay sagt, sie will mitkommen und bei der Gelegenheit ein paar Besorgungen machen.«

Das Eingeständnis, daß er sich seiner selbst wegen Sorgen machte, war für Laurel ebenso etwas Neues wie die Tatsache, daß mit seiner Gesundheit etwas nicht stimmte, und so war sie mit dem Flugzeug gekommen.

Das peinigend grelle kleine Auge des Instruments hing noch immer zwischen Judge McKelvas unbewegtem Gesicht und dem in der Dunkelheit verborgenen Gesicht des Arztes.

Endlich leuchtete die Deckenlampe wieder auf, und Dr. Courtland erhob sich und sah Judge McKelva aufmerksam an. Judge McKelva erwiderte den prüfenden Blick.

»Dacht ich mir's doch, daß ich dir da eine Kleinigkeit mitbringe, die dir zu schaffen macht«, sagte Judge McKelva in dem gleichen verständnisvollen Ton, in dem er, bevor er sein Richteramt niederlegte, gewöhnlich ein Urteil verkündete.

»An Ihrem rechten Auge hat sich die Netzhaut gelöst, Judge Mac«, sagte Dr. Courtland.

»Na schön, das kannst du ja wieder in Ordnung bringen«, sagte Laurels Vater.

»Aber es muß gleich geschehen, damit wir nicht noch mehr kostbare Zeit verlieren.«

»Also gut, wann kannst du die Operation vornehmen?«

»Nur wegen eines Kratzers? Warum sind bloß diese alten Rosen nicht eingegangen!« rief Fay.

»Es handelt sich gar nicht um einen Kratzer. Was hier geschehen ist, hat nicht das Äußere seines Auges beeinträchtigt, sondern die innere Schicht. Das gilt auch für die Blitze. Den Teil, mit dem er sieht, Mrs. McKelva.« Dr.

Courtland wandte sich von dem Richter und Laurel ab und bat Fay mit einer Geste an eine an der Wand hängende Schautafel. Eine Parfumwolke verbreitend, ging Fay hinüber. »Hier sehen Sie das Äußere und das Innere unseres Auges«, sagte er und erklärte ihr an Hand der schematischen Darstellung, was getan werden mußte.

Judge McKelva verlagerte sein Gewicht, um zu Laurel zu sprechen, die neben ihm auf ihrem niedrigen Stuhl saß. »Dieses Auge hat uns nicht zum Narren gehalten, wie?«

»Ich begreife nicht, warum das ausgerechnet *mir* passieren mußte«, sagte Fay.

Dr. Courtland geleitete Judge McKelva zur Tür und in den Flur hinaus. »Würden Sie es sich jetzt in meinem Sprechzimmer bequem machen, Sir, und noch einige Fragen meiner Oberschwester über sich ergehen lassen?«

Ins Untersuchungszimmer zurückgekehrt, setzte er sich auf den Patientenstuhl.

»Laurel«, sagte er, »ich möchte diese Operation nicht selbst machen.« Er fuhr schnell fort: »Die Sache mit deiner Mutter ist mir sehr nachgegangen.« Er wandte sich Fay zu und sah sie, wie es schien, zum erstenmal wirklich an. »Meine Familie kennt die seine nun schon so lange Zeit«, sagte er zu ihr – Worte, die nur ausgesprochen wurden, um warnend auf das Unaussprechbare hinzuweisen.

»An welcher Stelle befindet sich der Riß?« fragte Laurel.

»Fast in der Mitte«, sagte er zu ihr. Sie sah ihm fest in die Augen, und er fügte hinzu: »Kein Tumor.«

»Bevor ich Ihnen erlaube, das Geringste zu unternehmen, müßte ich doch wohl wissen, wie gut er danach sehen wird«, sagte Fay.

»Nun, das hängt zunächst davon ab, wie der Riß verläuft«, sagte Dr. Courtland. »Und dann davon, wie gut der

Chirurg ihn zu flicken versteht, und dann davon, wieweit Judge Mac gewillt ist, unsere Anordnungen zu befolgen, und dann vom Willen Gottes. Laurel wird sich erinnern.« Er nickte in ihre Richtung.

»Eine Operation überstürzt man nicht. Das weiß sogar ich«, sagte Fay.

»Sie wollen doch sicher nicht, daß er wartet und auf dem einen Auge blind wird. Auf dem anderen bildet sich ein grauer Star«, sagte Dr. Courtland.

»Tatsächlich?« fragte Laurel.

»Ich habe es festgestellt, bevor ich von Mount Salus wegging. Er entwickelt sich schon seit Jahren, er läßt sich Zeit. Dein Vater weiß Bescheid; er glaubt, es werde nicht so weit kommen.«

»Wie bei Mutter. So fing's auch bei ihr an.«

»Nun, Laurel, ich habe nicht allzuviel Phantasie«, protestierte Dr. Courtland. »Darum bin ich für Vorsicht. Ich stand ihnen ziemlich nahe, damals, als ich noch daheim war, beiden. Ich habe das Ende deiner Mutter aus der Nähe miterlebt.«

»Ich auch. Sie wissen, daß niemand Ihnen einen Vorwurf machen oder sich vorstellen könnte, wie Sie irgend etwas hätten verhindern können –«

»Wenn wir damals gewußt hätten, was wir heute wissen – das Auge war nur ein Teil davon«, sagte er. »Bei deiner Mutter.«

Laurel blickte eine Sekunde lang in das erfahrene, so gänzlich arglose, offene Gesicht. Das Land am Mississippi, das ihn geprägt hatte, lag darin.

Er stand auf. »Wenn du mich darum bittest, werde ich es selbstverständlich tun«, sagte er. »Aber ich wünschte, du würdest mich nicht darum bitten.«

»Vater wird darauf bestehen«, sagte Laurel ruhig.

»Zählt denn meine Stimme gar nicht?« fragte Fay, als sie hinter ihnen den Raum verließ. »Ich bin dafür, daß wir die ganze Sache einfach vergessen. Die Natur ist der beste Arzt.«

»Also gut, Nate«, sagte Judge McKelva, nachdem sie alle in Dr. Courtlands Sprechzimmer Platz genommen hatten. »Wann?«

Dr. Courtland sagte: »Judge Mac, es ist mir gerade gelungen, Dr. Kunomoto drüben in Houston am Telefon zu erwischen. Sie wissen, bei ihm hab ich gelernt. Er hat inzwischen eine radikalere Methode entwickelt, und er könnte übermorgen mit dem Flugzeug kommen –«

»Wozu?« fragte Judge McKelva. »Nate, ich habe mein Haus und meine Bequemlichkeit im Stich gelassen, bin schnurstracks hierhergeeilt und habe mich in deine Hände gegeben, aus einem einzigen simplen Grund: ich habe Vertrauen zu dir. Jetzt zeige mir, daß ich noch nicht zu alt bin, mir ein gesundes Urteil zu bilden.«

»Also gut, Sir, dann soll es so sein«, sagte Dr. Courtland und stand auf. Er fügte hinzu: »Sie wissen, Sir, daß der Erfolg dieses Eingriffs, wer ihn auch ausführt, nicht hundertprozentig vorauszusehen ist?«

»Ich bin Optimist.«

»Ich hab gar nicht gewußt, daß es solche Wesen noch gibt«, sagte Dr. Courtland.

»Man soll nie denken, man habe etwas zum letztenmal gesehen«, spottete Judge McKelva. Er erwiderte das Lächeln des Arztes mit einem Lachen, das wie das triumphierende Knurren eines alten Griesgrams klang, und Dr. Courtland griff nach der Brille, die der Richter auf den Knien hielt, und setzte sie ihm behutsam wieder auf die Nase.

In seinem üblichen Gang, dem Gang eines würdevollen

Ackerknechts, führte der Doktor sie durch das überfüllte Wartezimmer. »Ich habe ein Bett für Sie in der Klinik bekommen, der Operationssaal ist für mich reserviert, und ich bin ebenfalls bereit«, sagte er.

»Er kann Himmel und Hölle in Bewegung setzen, wenn's darauf ankommt«, sagte seine Oberschwester bissig, als sie in der Tür an ihr vorbeigingen.

»Gehen Sie gleich rüber in die Klinik und richten Sie sich dort häuslich ein.« Als die Fahrstuhltüren sich öffneten, berührte Dr. Courtland Laurel leicht an der Schulter. Dann sagte er: »Ich habe den Krankenwagen bestellt, Sir, er wartet unten auf Sie – das ist sicherer.«

»Warum ist er so zuvorkommend?« fragte Fay, als sie hinunterfuhren. »Ich wette, daß die Rechnung weniger zuvorkommend sein wird.«

»Ich bin in guten Händen, Fay«, sagte Judge McKelva. »Ich kenne seine ganze Familie.«

Ein scharfer kalter Wind blies durch die Canal Street. Zu Hause hatte Judge McKelva immer ganz Mount Salus ein Beispiel gegeben, indem er am »Tag des Strohhuts« seinen Winterhut beiseite legte, und jetzt stand er hier mit seinem cremefarbenen Panama. Doch obwohl sein Bauch inzwischen dicker war, sah er weniger frisch und rosig aus, wirkte er schmaler im Gesicht als an seinem Hochzeitstag, dachte Laurel: damals hatte sie ihn zuletzt gesehen. Die pilzfarbenen Flecke unter seinen Augen waren ihr vertraut, eine Familieneigentümlichkeit wie die schwarzen, überhängenden McKelvaschen Brauen, die über der Nase fast zusammenstießen aber was *sah* er? Sie überlegte, ob er wohl mit seinem weiten, starren, wenn auch gütigen Blick Fay oder sie selbst oder überhaupt jemanden *wirklich* sah. Während er in dem kalkweißen, grellen Licht von New Orleans auf den Krankenwagen wartete, ohne nach dessen

Notwendigkeit zu fragen, erschien er ihr zum erstenmal, solange sie denken konnte, als ein Mann, der in seinem Verhalten eine leichte Unsicherheit erkennen ließ.

»Wenn Courtland wirklich so fabelhaft ist, sollte er sich lieber etwas genauer auf den Erfolg des Unternehmens festlegen«, sagte Fay. »Und so vollkommen ist er auch wieder nicht – ich hab gesehen, wie er dieser Schwester einen Klaps hintendrauf gab.«

2

Fay saß am Fenster, Laurel stand in der Tür; sie warteten in dem Krankenzimmer darauf, daß Judge McKelva von der Operation zurückgebracht wurde.

»Auch eine Art, sein Versprechen zu halten«, sagte Fay. »Als er mir versprach, er würde einmal mit mir nach New Orleans fahren, sagte er, wir wollten uns den Karneval ansehen.« Sie starrte aus dem Fenster. »Und der Karneval ist mitten im Gange. Nur, näher als hier werden wir wohl keinem Umzug kommen.«

Laurel sah wieder auf ihre Uhr.

»Er hat es geschafft! Er hat es prächtig überstanden!« rief Dr. Courtland. Er kam mit großen Schritten ins Zimmer. Er sah Laurel an, sein schweißtriefendes Gesicht strahlte. »Und ich glaube, mit ein wenig Glück werden wir dem Auge einen Teil der Sehkraft erhalten.«

Das tischähnliche Bett, auf dem Judge McKelva angeschnallt lag, wurde ins Zimmer gerollt. Er wurde an den zwei Frauen vorbeigefahren. Beide Augen waren verbunden. Um seinen Kopf hatte man Sandsäcke placiert, und das Laken war so straff über den großen regungslosen Körper gespannt, daß er gleichsam gefesselt war.

»Sie haben mir nicht gesagt, daß er so aussehen würde«, sagte Fay.

»Es geht ihm gut, es geht ihm ganz ausgezeichnet«, sagte Dr. Courtland. »Er hat jetzt wieder ein wunderschönes Auge.« Er öffnete den Mund und lachte. Er sprach erregt, noch ganz beflügelt, als käme er gerade von einer Party.

»Man erkennt ihn ja kaum unter all dem Zeug. Er ist ja verpackt wie eine Mumie«, sagte Fay und starrte auf Judge McKelva.

»Er wird uns noch alle in Erstaunen setzen. Wenn wir's schaffen, daß es so hält, wird er besser sehen, als er's zu hoffen gewagt hat! Das ist ein *wunderschönes* Auge!«

»Aber sehen Sie ihn doch an«, sagte Fay. »Wann wird er wieder zu sich kommen?«

»Oh, er hat eine Menge Zeit«, sagte Dr. Courtland im Hinausgehen.

Judge McKelvas Kopf wurde von keinem Kissen gestützt, was seinen ältlichen bloßen Hals noch länger erscheinen ließ. Nicht nur die großen dunklen Augen, sondern auch die starken Brauen darüber und die tiefen Schatten darunter blieben unter dem dichten Verbandmull verborgen. So vieler dunkler und heller Töne beraubt und mit dem schlafenden Mund, der so farblos war wie die Wangen, sah sein Gesicht wie erloschen aus.

Es war ein Doppelzimmer, doch Judge McKelva hatte es, vorläufig, für sich allein. Fay hatte sich vor einer Weile auf dem zweiten Bett ausgestreckt. Die Oberschwester war gekommen und hatte ihren Dienst angetreten; sie saß da und häkelte ein Babyschuhchen – so mechanisch, als tue sie es im Schlaf. Laurel ging im Zimmer umher, wie um sich zu vergewissern, daß auch alles in Ordnung war. Doch es gab nichts zu tun, noch nicht. Sie kam sich vor wie im Nirgendwo. Selbst die Dächer, die man von dem hohen Fenster aus sah – farblos, mit Teer ausgebessert, und hier und da mit kleinen Regenwasserspiegeln – hätten Dächer jeder beliebigen Stadt sein können. Anfangs machte sie sich nicht klar, daß das, was sie dort undeutlich in der Ferne aufragen sah, die Brücke war; ihre besondere Funktion ließ sich kaum erkennen, so daß man den Eindruck hatte, sie sei lediglich ein weiteres Gebäude. Der Fluß war nicht zu sehen. Sie ließ die Jalousie herunter, um den weiten weißen Himmel auszusperren, der das Wasser reflektierte. Ihr war, als sei der jetzt grau gewordene anonyme Raum seinerseits eine Spiegelung der »Störung« Judge McKelvas, eine Spiegelung seiner Sehstörung, die ihn hierhergebracht hatte.

Judge McKelva knirschte mit den Zähnen.

»Vater?« Laurel trat an das Bett.

»Das ist bloß seine Art aufzuwachen«, sagte Fay vom anderen Bett her, ohne die Augen zu öffnen. »Das kriege ich jeden Morgen zu hören.«

Laurel stand wartend in seiner Nähe.

»Wie lautet der Urteilsspruch?« fragte ihr Vater bald darauf mit ausgedörrter Stimme. »Na, Polly?« Er nannte Laurel bei ihrem Kindernamen. »Was hat deine Mutter dir über mich gesagt?«

»Sieh mal hierher!« rief Fay. Sie sprang auf und trippelte auf Strümpfen an sein Bett. »Wer ist das?« Sie deutet auf den goldenen Knopf über ihrem Brustbein.

Ohne mit ihrer Häkelnadel innezuhalten, sagte die Schwester von ihrem Stuhl her: »Nicht in die Nähe des Auges, Kindchen! Daß ihn mir keiner berührt oder sich an seinem Auge zu schaffen macht. Und auch sein Bett darf nicht angerührt werden, bis Dr. Courtland es erlaubt, sonst hat hier jemand nichts zu lachen. Dr. Courtland würde mir bei lebendigem Leib die Haut abziehen.«

»Stimmt«, sagte Dr. Courtland, der gerade ins Zimmer

kam. Er beugte sich dicht über das entgeisterte Gesicht und sagte eindringlich: »Meine Arbeit ist getan, Sir! Die Ihre fängt jetzt erst an! Und Ihre wird schwerer sein als meine. Sie müssen still liegen! Keine Bewegung. Kein Umdrehen. Keine Tränen.« Er lächelte. »Nichts! Nur die Zeit verstreichen lassen. Wir müssen abwarten und uns ganz Ihrem Auge fügen.«

Als der Doktor sich wieder aufrichtete, sagte die Schwester: »Ich wünschte, er hätte abgewartet, bis ich ihm einen Schluck Wasser geben konnte, ehe er sich wieder davonmachte.«

»Nur zu. Befeuchten Sie ihm die Kehle, er ist wach«, sagte Dr. Courtland und ging auf die Tür zu. »Er tut bloß so.« Er winkte Laurel und Fay nach draußen.

»Hören Sie mir jetzt bitte gut zu. Sie müssen ihn im Auge behalten, und zwar ab sofort. Abwechselnd. Es ist nicht so einfach, wie man sich das vorstellt, still zu liegen und nichts anderes. Ich werde Mrs. Martello überreden, daß sie die Nachtwache übernimmt. Laurel, wie gut, daß du genügend Zeit hast. Wir werden uns ganz besonders sorgsam um ihn kümmern, wir wollen bei Judge Mac keinerlei Risiko eingehen.«

Nachdem er sich verabschiedet hatte, ging Laurel zu dem Münzfernsprecher im Flur. Sie rief ihr Studio in Chicago an; sie arbeitete in Chicago als Musterzeichnerin für Textilien.

»Kein Grund, daß du hier bleibst, bloß weil der Doktor es gesagt hat«, sagte Fay, als Laurel den Hörer einhängte. Sie hatte zugehört wie ein Kind.

»Wieso, ich wäre auch sonst geblieben«, sagte Laurel. Sie beschloß, die übrigen notwendigen Anrufe auf eine spätere Gelegenheit zu verschieben. »Vater wird darauf angewiesen sein, daß wir beide soviel wie möglich für ihn da sind. Er eignet sich nicht sehr gut dazu, angebunden dazuliegen.«

»Schön, aber schließlich geht es ja nicht auf Leben und Tod, nicht wahr?« sagte Fay in gereiztem Ton. Sie gingen ins Krankenzimmer zurück. Fay beugte sich über das Bett und sagte: »Ich bin froh, daß du dich selbst nicht sehen kannst, Schatz.«

Judge McKelva stieß ein erschreckendes, rauhes Geräusch aus, eine Art Schnarren, und sein Mund wurde hart. Er fragte: »Wie spät ist es, Fay?«

»Das klingt schon eher nach dir«, sagte sie, antwortete jedoch nicht auf seine Frage. »Als er vorhin zu sich kam, sprach nur dieser gräßliche Äther aus ihm«, sagte sie zu Laurel. »Er hat Becky nie auch nur erwähnt, ehe ihr, du und Courtland, ihn darauf gebracht habt.«

Die Fahrt zum »Hibiscus« mit der einzigen noch existierenden Straßenbahnlinie der Stadt nahm eine halbe Stunde in Anspruch. Mit Hilfe einer Stationsschwester hatten Laurel und Fay dort für die Woche Unterkunft gefunden. Es war eine heruntergekommene, ehemals herrschaftliche Villa an einer im Wandel begriffenen Straße; die einst als Zwillingshaus errichtete Nachbarvilla erteilte dem »Hibiscus« jetzt eine Lehre: sie war schon zu einem großen Teil abgerissen.

Laurel bekam kaum je einen der anderen Gäste zu Gesicht, obwohl die Haustür nie verschlossen und im Badezimmer ständig Betrieb war; zu den Stunden, da sie selbst kam und ging, schien das Haus allein in der Obhut einer angeketteten Katze zu stehen, die über die geborstenen Blumenfliesen im vorderen Eingang auf und ab schritt. Seit langem gewohnt, früh aufzustehen, sagte Laurel, sie werde um sieben bei ihrem Vater sein und bis drei Uhr bleiben –

bis Fay kam, um ihrerseits bis elf am Bett des Kranken zu sitzen; Fay konnte dann ungefährdet in Begleitung der Schwester, die in der Nähe des »Hibiscus« wohnte, mit der Straßenbahn zurückfahren. Und Mrs. Martello sagte, sie werde die Nachtwache übernehmen einem einzigen Menschen, nämlich Dr. Courtland, zuliebe. Somit war die Tageseinteilung festgelegt.

Diese Regelung bedeutete, daß Laurel und Fay kaum je zur gleichen Zeit am gleichen Ort waren, außer während der Stunden, in denen sie beide schliefen, jede in ihrem Zimmer. Ihre Zimmer lagen nebeneinander – eigentlich waren es nur halbe Zimmer, und zwischen ihren Betten befand sich lediglich eine dünne, vom Besitzer eingezogene Trennwand. Wo keine Vertrautheit bestand, scheute Laurel vor jedem Kontakt zurück; sie scheute sich vor der dünnen Wand und vor der vagen Vorstellung, sie könnte Fay eines Nachts wie eine Fremde über etwas weinen oder lachen hören, wovon sie selbst lieber nichts wissen wollte.

Frühmorgens knirschte Judge McKelva mit den Zähnen, Laurel sprach ihn an, er erwachte, fragte Laurel, wie es ihr gehe und welche Zeit ihre Uhr zeige. Sie gab ihm sein Frühstück; während sie ihn fütterte, las sie ihm aus dem *Picayune* vor. Anschließend, wenn er gewaschen und rasiert wurde, ging sie in die Cafeteria im Tiefgeschoß, um selbst zu frühstücken. Nur kam es darauf an, Dr. Courtlands Blitzvisiten nicht zu verpassen. Wenn sie Glück hatte, fuhr sie im Fahrstuhl mit ihm hinauf.

»Es klärt sich langsam«, sagte Dr. Courtland. »Aber es braucht seine Zeit.«

Inzwischen mußte nur noch das operierte Auge bedeckt sein. Ein Verband wie ein kleiner Bienenkorb ragte darüber auf. Judge McKelva schien gewillt, nach wie vor auch sein gesundes Auge geschlossen zu halten. Vielleicht konnte es, wenn er es öffnete, den Verband auf dem anderen sehen. Er lag da, wie man es von ihm verlangte – ohne sich zu rühren. Er erkundigte sich nie nach seinem Auge. Er erwähnte sein Auge nie. Laurel folgte seinem Beispiel.

Auch nach ihren Dingen fragte er sie nicht. Seine frühere Neugier hätte Antwort auf ein Dutzend präziser Fragen verlangt: wie sie es einrichtete, hier zu sein, was sich oben in Chicago tue, von wem sie ihren letzten Auftrag bekommen habe, wann sie abreisen müsse. Sie hatte ihre augenblickliche Arbeit – den Entwurf eines Vorhangs für ein Repertoiretheater – im Stich gelassen. Die Fragen ihres Vaters blieben ungestellt. Doch beide wußten sie, und aus dem gleichen Grund, daß man schlimme Tage besser überstand, wenn nichts gefragt wurde.

Er hatte es gern gemocht, wenn man ihm vorlas, früher. Zuversichtlich brachte sie einen Stapel Taschenbücher mit und begann mit dem neuesten Kriminalroman seines Lieblingsautors. Er hörte zu, ohne sich jedoch weiter darüber zu äußern. Sie griff auf einen der alten Krimis zurück, die sie beide geschätzt hatten, und er hörte mit größerer Ruhe zu. Mitleid durchbohrte sie. Muteten sie ihm jetzt alle zuviel zu?

Anfangs schrieb Laurel einen Teil seines Schweigens dem Zartgefühl zu, das er in Familiendingen stets bewiesen hatte. (Sie waren immer nur zu dritt gewesen.) Da war seine Tochter, gekommen, um ihm beizustehen, und doch zum Müßiggang verurteilt; sie konnte ihm nicht helfen. Fay hatte recht: jeder Fremde hätte ihm sagen können, wie spät es war. Schließlich merkte Laurel, daß ihr Vater die Nutzlosigkeit ihrer Gegenwart akzeptiert hatte. Was ihn ausschließlich beschäftigte, war die Zeit selbst, das Vergehen der Zeit: er konzentrierte sich.

Nachdem sie das erkannt hatte, war sie sich stets der angestrengten Bemühung bewußt, die Stunde um Stunde in diesem Zimmer von seinem reglosen Bett aus unternommen wurde; und sie war sich auch, mit ihm, der Zeit bewußt und stellte ihre innere Uhr nach der seinen, mehr oder weniger so, als müßten sie auf einem langen Fußmarsch, der jetzt vor ihnen lag, miteinander Schritt halten. Die Jalousie blieb so weit heruntergelassen, daß nur ein schmaler Streifen Märzlicht durch das Fenster eindringen konnte. Laurel saß so, daß dieses Licht auf das Buch in ihren Schoß fiel, und Judge McKelva hörte in starrer Bewegungslosigkeit zu, wie sie ihm vorlas und dann die Seite umwendete. Es war, als zählte er schweigend mit, als wüßte er genau die Seitenzahl.

Der Tag kam, an dem Judge McKelva gebeten wurde, das Zimmer mit einem anderen Patienten zu teilen. Als Laurel eines Morgens den Raum betrat, erblickte sie in dem Schaukelstuhl neben dem zweiten Bett einen alten Mann, der sich vor und zurück wiegte. Er war älter als ihr Vater, trug einen neuen gestreiften Baumwollpyjama und auf dem Kopf einen breitrandigen schwarzen Filzhut. Laurel bemerkte den roten Staub der Landstraße, der wie Paprika über den Hut verteilt war, und darunter die großen blauen Augen.

»Ich fürchte, das ist zuviel Licht für meinen Vater, Sir«, sagte sie.

»Mr. Dalzell hat die Jalousie in der Nacht heruntergerissen«, sagte Mrs. Martello mit der Bauchrednerstimme einer Krankenschwester. »Nicht wahr, Sie haben sie doch heruntergerissen?« schrie sie. Judge McKelva gab nicht zu erkennen, daß er wach war, aber der schaukelnde alte Mann schien ihre Stimmen ebensowenig wie der Richter zu hören. »Er ist blind und obendrein fast taub«, sagte

Mrs. Martello stolz. »Er wird operiert, sobald sie ihn fertig vorbereitet haben. Er hat eine bösartige Geschwulst.«

»Ich mußte den wilden Wein runterreißen, damit ich das Opossum erwische«, rief Mr. Dalzell plötzlich, während Laurel und die Schwester sich gemeinsam abmühten, die Jalousie wieder an ihrem Platz aufzuhängen. Dr. Courtland kam herein und nahm ihnen die Arbeit ab.

Mr. Dalzell stammte, wie sich herausstellte, ebenfalls aus Mississippi. Er war in Fox Hill zu Hause. Binnen kurzem gelangte er zu der Überzeugung, Judge McKelva sei sein seit langem verschollener Sohn Archie Lee.

»Archie Lee«, sagte er, »ich hätt's mir denken können: wenn du je wieder nach Hause kommen würdest, dann nur betrunken.«

Einst hätte Judge McKelva gelächelt. Jetzt lag er da wie immer, das gesunde Auge geschlossen oder auf die Zimmerdecke gerichtet, und sprach kein überflüssiges Wort.

»Machen Sie sich keine Gedanken wegen Mr. Dalzell«, sagte Mrs. Martello zu Laurel, als sie sich eines Morgens anschickte, die Plätze zu tauschen. »Ihr Daddy läßt Mr. Dalzell einfach vor sich hin phantasieren. Er liegt genauso still da, wie er soll. Er ist ganz brav. Wegen Mr. Dalzell brauchen Sie sich keine Gedanken zu machen.«

3

»Wir müssen dem Auge Zeit lassen, etwas anderes können wir nicht tun«, sagte Dr. Courtland regelmäßig. »Es klärt sich. Ich glaube, wir kriegen da ein Auge hin, das recht ordentlich sehen wird.«

Doch obwohl Dr. Courtland seine täglichen Visiten sozusagen einem Genesenden machte, schien es Laurel, als zahle ihr Vater für seine Genesung einen Preis, mit dem niemand gerechnet hatte. Er lag unverändert da, groß und schwer, voll angestrengter Bemühung, doch regungslos, und sein Gesicht sah jeden Morgen noch erschöpfter aus; der Halbkreis unter seinem unverbundenen Auge glich dick aufgetragener Schminke. Er öffnete den Mund und schluckte, was sie ihm gab, gehorsam wie ein alter Mann hinunter – gehorsam! Sie schämte sich, daß sie ihn zwang, diese Rolle vor ihr zu spielen. Einmal oder zweimal erreichte sie es (indem sie Himmel und Hölle in Bewegung setzte), daß er eine besondere, außerhalb der Klinik zubereitete Mahlzeit bekam, doch hätte sie ihn genausogut mit Krankenhausbrei, Büchsenpfirsichen und Wackelpudding füttern können: keine Nahrung brachte ihn aus seiner Geduld, seiner unnatürlichen Schweigsamkeit. Er hatte noch nicht ein einziges Mal gesagt, er werde schon wieder gesund werden.

Eines Tages hatte sie das Glück, auf dem staubigen obersten Bord im Taschenbuchladen ein altes Exemplar von *Nicholas Nickleby* zu entdecken. Das würde in seine Erinnerungen vordringen, dachte sie, und am nächsten Morgen begann sie, es ihm vorzulesen.

Er bat sie nicht, aufzuhören, doch konnte er ihr auch nicht auf die Sprünge helfen, wenn sie die Stelle im Buch verlor. Gewiß, es war ihr nicht gegeben, so schnell und lebhaft vorzulesen wie ihre Mutter – wahrscheinlich war es das, was er vermißte. Im Verlauf einer Stunde rollte er sein sichtbares Auge einmal in ihre Richtung, wenn er sich dabei auch auf die einzige kleine Bewegung beschränkte, die ihm gestattet war, und lag lange Zeit da und sah sie an. Sie war nicht sicher, ob er ihr noch zuhörte.

»Schon zu Ende?« fragte seine geduldige Stimme, als sie innehielt.

»Hast du das Gewehr noch nicht geladen?« rief Mr. Dalzell. »Archie Lee, ich sage dir, ich will, daß du das Gewehr lädst, bevor sie hier anrücken.«

»So ist's richtig, Junge. Gehn Sie mal schön die ganze Nacht in Gedanken auf die Jagd«, sagte Mrs. Martello resolut zu Mr. Dalzell. Sie würde es nie wagen, auch nach einem Jahr nicht, so mit Judge McKelva umzuspringen, dachte Laurel, oder sich über irgend etwas, das mit seinem Zustand zusammenhing, lustig zu machen. Sie hatte keinen Anhaltspunkt geboten bekommen – außer einem –, wie er in Mount Salus war. »Er ist immer noch ganz brav«, waren die Worte, mit denen sie Laurel jeden Morgen begrüßte. »Richtig brav – ich glaube allerdings nicht, daß er besonders gut *schläft.*«

Mrs. Martello hatte mittlerweile siebenundzwanzig Paar Babyschuhe gehäkelt. Babyschuhe waren wohl das einzige, was sie zählte. »Sie wären überrascht, wie schnell ich sie immer wieder los bin«, sagte sie. »Es ist das beliebteste Geschenk, das es gibt.«

Judge McKelva hatte vor vielen Jahren eine gewisse Fähigkeit zur Geduld entwickelt, die ihm zu Gebote stand, wenn sie von ihm gefordert wurde. Doch in seinem gegenwärtigen Elend schien er Laurel in einem *Traum* von Geduld dazuliegen. Er sprach jetzt selten, wenn er nicht direkt angeredet wurde, und dann auch erst – was so gar nicht zu ihm paßte – nach einer Pause, so als könne er nicht recht Schritt halten. Er versuchte auch nicht mehr, sie mit seinem gesunden Auge anzusehen.

Er hielt immer öfter beide Augen geschlossen und lag regungslos da. Manchmal senkte sie die Stimme und saß dann still auf ihrem Stuhl.

»Ich schlafe nicht«, sagte ihr Vater. »Bitte lies weiter.«

»Was halten Sie inzwischen von seinen Aussichten?« fragte Laurel Dr. Courtland. »Es sind jetzt drei Wochen.«

»Drei Wochen! Mein Gott, wie die Zeit dahinfliegt«, sagte er. Er glaubte, den Anflug von Ungeduld verborgen zu haben, und da er ohne Hast ging und sprach, war es ihm auch gelungen – bis sein Lächeln alles verriet. »Es geht ihm gut. Die Lunge ist in Ordnung, das Herz kräftig, der Blutdruck keine Spur schlechter als zuvor. Und das Auge klärt sich. Ich denke, die Sehkraft kommt jetzt langsam wieder; ich glaube, wir haben's bald, Laurel, verstehst du? Aber wenn der graue Star ihn eines Tages erwischt, dann möchte ich gern, daß er genügend sieht, um sich in seinem Garten zurechtzufinden. Noch eine kleine Weile. Wir wollen kein Risiko eingehen.«

Als sie ein andermal im Fahrstuhl mit ihm hinunterfuhr, fragte sie: »Ob es wohl die Mittel sind, die er nehmen muß, daß er so abwesend wirkt, so weit fort?«

Er zog seine sommersprossige Stirn in Falten. »Nun, nie reagieren auch nur zwei Menschen auf genau die gleiche Weise auf irgend etwas.« Der Fahrstuhl hielt für ihn, und er fügte hinzu: »Die Menschen sind verschieden, Laurel.«

»Mutter war anders«, sagte sie.

Es widerstrebte Laurel jetzt, ihren Vater nachmittags zu verlassen. Sie blieb da und las. *Nicholas Nickleby* war ihr so endlos vorgekommen, wie die Zeit ihrem Vater erscheinen mußte, und es war stillschweigend zwischen ihnen vereinbart worden, daß sie zwar an seinem Bett sitzen und lesen sollte, jedoch stumm, für sich. Auch er blieb, während sie las, völlig stumm. Obwohl er sie nicht sehen konnte, wenn sie neben ihm saß, schien er zu wissen, wann sie jede Seite umwendete, als hielte er, solange die Seiten eine auf die andere folgten, Schritt mit der Zeit und hakte einen Moment nach dem anderen ab; und sie fühlte, daß es herzlos gewesen wäre, das Buch zu schließen, ehe sie ihn in Schlaf gelesen hatte.

Eines Tages kam Fay herein und ertappte Laurel dabei, wie sie schlafend auf ihrem Stuhl saß, die Brille auf der Nase.

»Willst du dir auch die Augen ruinieren? Ich hab ihm gesagt, wenn er nicht so viele Jahre seines Lebens über staubigen alten Büchern gehockt hätte, dann hätten seine Augen sich mehr Kraft für jetzt aufgespart«, sagte Fay zu ihr. Sie schlängelte sich ans Bett heran. »Na, bald so weit, daß du aufstehen kannst, Schatz?« rief sie. »Du, draußen, gleich da drüben, kommt gerade ein Umzug vorbei. Sieh mal, was sie mir vom Festwagen heruntergeworfen haben!«

Die grünen Ohrgehänge, mit denen sie hereingekommen war, warfen zu beiden Seiten ihres schmalen eifrigen Gesichts lange Schatten, die sanften kleinen Locken glichen. Sie deutete auf den Schmuck an ihren Ohren und schalt: »Was nützt uns der ganze Karneval, wenn wir nicht dabeisein können, Schatz?«

Laurel konnte es noch immer nicht fassen, daß ihr Vater, mit beinahe siebzig, einen neuen Menschen, der noch am Anfang stand, in sein Leben hatte eindringen lassen und sogar bereit gewesen war, das vor sich selbst zu vertreten.

»Vater, wo hast du sie kennengelernt?« hatte Laurel ihn gefragt, als sie, vor anderthalb Jahren, nach Mount Salus geflogen war, um an der Hochzeit der beiden teilzunehmen.

»Beim Advokatenverband.« Er hatte mit beiden Armen eine ausladende Geste gemacht, die sie richtig als Hinweis auf das alte »Gulf Coast Hotel« deutete. Fay hatte dort halbtags als Stenotypistin gearbeitet. Einen Monat nach der Tagung holte er sie zu sich nach Hause, nach Mount Salus, und sie wurden im Rathaus getraut.

Sie war etwa vierzig, also jünger als Laurel. Doch ihr Äußeres hatte nicht viel von einer Vierzigjährigen, wenn man von der Linie des Halses und den Rücken ihrer kleinen gedrungenen müßigen Hände absah. Sie war grobknochig und hatte eine blaugeäderte Haut. Als Kind war sie wahrscheinlich unterernährt gewesen. Ihr Haar war immer noch flachsartig wie Kinderhaar, wie Werg, als würden diese Locken, wenn man sie fest zwischen den Fingern rieb, zu Staub zerfallen. Sie hatte runde, ländlich-blaue Augen und einen kleinen dreisten Mund.

Als Laurel mit dem Flugzeug aus Chicago gekommen war, um bei der Trauung dabeizusein, hatte Fay als Erwiderung auf ihren Kuß gesagt: »Das ist doch Unsinn, daß du deswegen eine so weite Reise machst.« Sie hatte dabei gelächelt, als wollte sie ihr mit ihrem Tadel schmeicheln.

Was Fay jetzt zu Laurel sagte, beinahe jeden Nachmittag, wenn sie einander ablösten, war fast das gleiche. Schmeichelndes und Herabsetzendes hatten bei ihr den gleichen Klang.

Es war sonderbar, daß Fay nie jemanden beim Namen nannte. Nur von »Becky« hatte sie gesprochen – Laurels Mutter, die bereits zehn Jahre tot war, als Fay zum erstenmal von ihr gehört haben konnte, nämlich damals, als sie Laurels Vater heiratete.

»Wie um Himmels willen ist Becky bloß darauf gekommen, dir einen solchen Namen zu geben?« hatte sie Laurel bei jener ersten Begegnung gefragt.

»Der Lorbeer ist das Wappenzeichen von West Virginia«, hatte Laurel lächelnd geantwortet. »Dort stammte meine Mutter her.«

Fay hatte das Lächeln nicht erwidert, sondern Laurel nur wachsam angesehen.

Eines Abends, im »Hibiscus«, klopfte Laurel an Fays Tür. »Was willst du« fragte Fay, als sie die Tür öffnete.

Laurel hatte gedacht, es sei an der Zeit, Fay ein wenig besser kennenzulernen. Sie setzte sich in dem schmalen Zimmer auf einen der harten Stühle und fragte Fay nach ihrer Familie.

»Meine Familie?« sagte Fay. »Von denen lebt keiner mehr. Deshalb bin ich ja von Texas weggegangen und nach Mississippi gekommen. Wir haben vielleicht nicht viel besessen, da drüben in Texas, aber wir hielten immer zusammen. Wir hatten keine Geheimnisse voreinander, wie die Leute in anderen Familien. Sis war für mich wie eine Zwillingsschwester. Und meine Brüder waren alle so uneigennützig! Nachdem Papa gestorben war, haben wir Geschwister natürlich alles für Mama aufgegeben. Jetzt, wo sie heimgegangen ist, bin ich froh, daß wir es so gehalten haben. Oh, ich wäre nicht davongelaufen, ich hätte nie jemand im Stich gelassen, der mich brauchte. Nur um mich Künstlerin zu nennen und viel Geld zu verdienen.«

Laurel versuchte es nicht ein zweites Mal, und Fay klopfte nie an ihre Tür.

Jetzt ging Fay um Judge McKelvas Bett herum und rief: »Sieh mal! Sieh mal, was ich hier habe! Paßt genau zu meinen Ohrringen! Wie gefallen sie dir, Schatz? Wollen wir nicht tanzen gehen?«

Sie stand auf einem Fuß und hielt ihm einen Schuh über das Gesicht. Einen grünen Schuh mit Bleistiftabsatz. Wäre der Schuh ein beschriebenes Blatt Papier gewesen, ein ohne fremde Hilfe von ihr verfaßter Schriftsatz, so sah der Richter jedenfalls lange genug hin, daß er ihn hätte durchlesen können. Doch er sagte nichts.

»Aber ich sollte bloß mal versuchen, mich darin ein paar Minuten auf die Straße zu wagen – da würde ich was von ihm zu hören bekommen!« sagte Fay. Sie lächelte ihm zu, um ihm zu bedeuten, daß ihre Bemerkung für ihn bestimmt war. Er erwiderte nichts darauf.

Laurel blieb auch noch, als jetzt das abendliche Geschirrklappern begann.

»Archie Lee, lädst du nun die Flinte, oder willst du dich lieber von ihnen überrumpeln lassen?« rief Mr. Dalzell.

»Mr. Dalzell erinnert mich an meinen alten Großpapa«, sagte Fay. »Mich stört es nicht, daß er hier ist. So haben wir wenigstens Gesellschaft.«

Die Stationsschwester kam, um Mr. Dalzell zu füttern und ihm anschließend eine Spritze zu geben. Fay half unterdessen Judge McKelva bei seinem Abendessen – Bissen für Bissen ließ er sich von ihr in den Mund schieben. Laurel blieb noch, bis draußen im Flur die Lichter angingen und es im Zimmer entsprechend dunkler wurde.

»Vielleicht kannst du jetzt schlafen, Vater. Du hast den ganzen Tag nicht geschlafen«, sagte Laurel.

Fay schaltete die Nachtbeleuchtung am Bett ein. Der Schein der niedrig angebrachten Lampe, nicht viel heller als eine Kerzenflamme, fiel auf Judge McKelvas Gesicht, rief aber nicht die geringste Veränderung in seinem geduldigen Ausdruck hervor. Laurel sah jetzt, daß sein Haar im Nacken lang geworden war; es war nicht schwarz, sondern weiß und wie Federn.

»Sag mir, was du gern haben würdest«, sagte Laurel bittend zu ihm.

Fay beugte sich über ihn und steckte ihm ihre brennende Zigarette zwischen die Lippen. Seine Brust hob sich sichtbar, als er daran zog; nach einem Moment nahm sie die Zigarette fort, und seine Brust senkte sich, während gleichzeitig der Rauch langsam aus seinem Mund aufstieg. Fay beugte sich wieder über ihn und gab ihm noch einmal die Zigarette.

»Da hat er jedenfalls was«, sagte sie.

»Laß das Feuer nicht ausgehen, Sohn!« rief Mr. Dalzell.

»Nein, nein! In diesem Lager hier ist für alles gut gesorgt, Mr. Dalzell!« brüllte die Stationsschwester in der Tür. »Kriechen Sie jetzt in Ihr Zelt und sagen Sie schön Ihr Nachtgebet, und dann schlafen Sie!«

Laurel stand auf und sagte gute Nacht. »Dr. Courtland meint, es ist nun bald so weit, daß du deine Lochbrille ausprobieren kannst«, wagte sie hinzuzufügen. »Hörst du, Vater?«

Er, der ein erklärter Optimist gewesen war, hatte nicht ein einziges Mal Hoffnung bekundet. Nun war sie es, die ihm Hoffnung anbot. Und diese Hoffnung konnte sich als trügerisch erweisen.

Keine Antwort durchbrach das Schweigen im Zimmer. Judge McKelva lag, wie Mr. Dalzell, im Dunkel, und Fay saß zusammengekauert in dem Schaukelstuhl, die eine Wange auf dem Fensterbrett, und spähte verstohlen durch den Spalt.

Laurel ging widerstrebend fort.

4

Es war nicht an diesem Abend, sondern am Abend des darauffolgenden Tages, daß Laurel, nachdem sie sich in ihrem Zimmer im »Hibiscus« schon entkleidet hatte, sich plötzlich wieder anzog. Als sie die Eingangsstufen hinunter und in die warme drückende Nacht hinauslief, leuchtete gerade das Freizeichen auf dem Wagendach einer vorbeifahrenden Taxe auf. Sie winkte und rannte auf den Wagen zu.

»Sie ahnen nicht, was für 'n Glück Sie haben, junge Frau«, sagte der Fahrer. »In so einer Nacht ein Fahrzeug zu erwischen!«

In der Taxe roch es nach Bourbon, und als sie an einer Straßenlampe vorbeikamen, sah Laurel eine Kette aus billigen grünen Perlen auf dem Boden des Wagens liegen – Flitterkram, wie er von den Festwagen aus in die Menge geworfen wurde. Der Fahrer fuhr durch enge Nebenstraßen und zwängte den Wagen, wie es der vorwärtsstrebenden Laurel schien, um jede Ecke herum; doch als sie das Fenster herunterdrehte, um frische Luft zu atmen, hörte sie dieselbe spottende Trompete einer aufspielenden Jazzband wie zuvor, aus der gleichen Entfernung. Und plötzlich hörte sie nicht nur eine, sondern mehrere rivalisierende Bands in entfernten Straßen spielen.

Vielleicht war das, was sie gespürt hatte, nichts anderes

als die beklemmende Atmosphäre einer Karnevalsnacht, das Bedrückende einer außer Rand und Band geratenen Menschenmenge in den Straßen einer fremden Stadt. Gleich zu Beginn dieses Tages, als sie am Morgen in das Zimmer ihres Vaters gekommen war, hatte sie geglaubt, Mr. Dalzell sei etwas zugestoßen. Er lag auf einem fahrbaren Operationstisch, kahlköpfig wie ein Säugling, hakennasig und stumm – man hatte ihm die Zähne herausgenommen. Also *sollte* erst etwas mit ihm geschehen. Während Judge McKelva frühstückte, kamen zwei Krankenpfleger, um Mr. Dalzell in den Operationssaal zu bringen. Als er – nun nicht mehr so auf der Hut wie sonst – in den Flur hinausgefahren wurde, hallte seine Stimme schleppend zurück: »Ich hab euch Schurken doch gesagt, ihr sollt das Feuer nicht ausgehen lassen!« Man hatte ihn, als Laurel ging, noch immer nicht zurückgebracht.

Welch seltsames milchiges Leuchten in einem Krankenhausflur bei Nacht! Wie Mondlicht in einer verlassenen Straße. Der weiß schimmernde Fußboden, die weißen Wände und die weiße Decke waren mit schmalen schwarzen Streifen abgesetzt, die sich in der Ferne verloren, und die Türen, die jetzt alle geschlossen waren, wurden zum anderen Ende des Flurs hin immer kleiner. Laurel hatte das Muster der Fliesen bisher nie bemerkt. Nun war es wie eine Spur, der sie folgen mußte, damit sie an den richtigen Ort gelangte. Aber natürlich führte die letzte Tür rechts, die einzige, die wie gewöhnlich halboffen stand, noch immer in das Zimmer ihres Vaters.

Eine heftige, strenge kleine Stimme rief in diesem Augenblick drinnen in schrillem Ton: »Ich sage dir, genug ist genug!«

Laurel blieb wie festgehalten stehen. Ihr war, als schnitten tausend Schnüre kreuz und quer in ihre Haut und fesselten sie an die Stelle, wo sie stand.

Die Stimme rief, noch schriller diesmal: »Heute ist mein Geburtstag!«

Laurel sah Mrs. Martello aus dem Aufenthaltsraum der Schwestern in das Zimmer ihres Vaters stürzen. Gleich darauf kam sie, sich rückwärts herauskämpfend, wieder zum Vorschein. Sie hielt Fay mit beiden Händen gepackt und zog sie hinter sich her. Ein Schrei gellte auf und prallte von Decke und Wänden zurück. Fay riß sich von der Schwester los, wirbelte herum und kam mit weißem Gesicht den Flut entlanggerannt. Sie trommelte mit den Fäusten auf ihre Schläfen und stieß im Laufen gegen Laurel, als sei Laurel gar nicht vorhanden. Das Geräusch ihrer hohen Absätze klang wie ein Hagel von Schüssen, als sie weiterrannte und mit anschwellender Stimme ins Wartezimmer stürzte – gleich einem Kind, das seine Mutter sucht.

Mrs. Martello stampfte mit ihren Gummiabsätzen durch den Flur und kam keuchend auf Laurel zu.

»Sie hat Hand an ihn gelegt! Sie hat gesagt, wenn er sich jetzt nicht endlich aufrappelt, dann will sie –« Das aufgesetzte Krankenschwesterngehabe fiel von ihr ab. Sie stieß Laurel das rote, empörte Gesicht einer Frau vom Lande, vom Mississippi, entgegen, und ihre Stimme erhob sich zu einem hellen Singsang. »Schimpf und Schande! Sie hat ihn gepackt. Sie hat ihn beschimpft.« Ihre Worte hallten wider. »Ich glaube, sie wollte ihn sogar aus dem Bett zerren. Sie hat sich wohl eingebildet, das könnte sie! Aber *den* Berg hätte sie bestimmt nicht von der Stelle bewegt!« Aufgebracht fügte Mrs. Martello hinzu: »Sie ist schließlich keine Krankenschwester!« Sie schwang sich in ihrem gestärkten Kittel herum und rief zu Judge McKelvas Zimmertür hin:

»Was ist los mit dieser Frau? Will sie Ihnen Ihr Auge ruinieren?«

Endlich hatte Laurel ihre Beine wieder in der Gewalt. Sie rannte.

Die Tür stand weit offen, und inmitten der Dunkelheit des Zimmers hing, flimmernd und nahe, ein wässeriges Sternbild: geradeaus vor sich sah sie die ganze in Licht getauchte Mississippi-Brücke. Sie fand sich zurecht, die Nachtlampe brannte. Der rechte Arm ihres Vaters lag auf der Decke, nackt bis zur Schulter, die Haut schlaff und faltig wie ein gekräuselter Frauenärmel. Er zeigte ihr, daß ihr Vater sich nicht mehr konzentrierte. Das Stechen in ihren Augen erinnerte sie daran, daß in den seinen keine Tränen sein durften, und sie schob ihre Hand in seine geöffnet daliegende Hand und drückte sie sanft.

Nun endlich zeigte er, wie ihr schien, eine Reaktion, wenn auch eine geheimnisvolle Reaktion. Sein ganzer, von keinem Kissen gestützter Kopf verschattete sich, als hielte er ihn unter die Oberfläche dunklen, fließenden Wassers und verharrte dort.

Alle Lichter in dem Raum flammten auf. Dr. Courtland, eine dunkle Silhouette, drängte an ihr vorbei zum Bett. Er legte die Fingerspitzen auf das Handgelenk ihres Vaters. Dann glitt seine Hand über das operierte Auge und öffnete mit der gleichen Zartheit das gesunde Auge. Er beugte sich darüber und blickte hinein, sagte jedoch nichts. Er schlug die Decke zurück und hielt das Ohr an die vom Nachtgewand bedeckte Brust ihres Vaters; ein paar Sekunden lang schlossen sich auch seine Augen.

Es kam Laurel fast so vor, als sei ihr Vater derjenige, der horchte. Seine Oberlippe, kurz und glatt wie die eines Kindes, hatte sich gehoben und gab geisterhaft bleiche Zähne frei, die niemand je gesehen hatte, wenn er sprach oder lachte. Es war, als lächelte er das Lächeln eines Kindes, das sich im Dunkeln versteckt hat und darauf wartet, daß es von den anderen, die es suchen, gefunden wird.

Die Hand des Arztes schwang herüber und drückte heftig auf den Klingelknopf. »Schnell, geh hinaus. Und pack seine Frau und halt sie fest. Ihr geht beide ins Wartezimmer und bleibt dort, bis ich komme.«

Mrs. Martello drängte sich ins Zimmer, eine andere Schwester neben sich.

»Nun, und was hat er sich geleistet?« rief Mrs. Martello.

Die andere Schwester ließ mit einem heftigen Ruck den Vorhang zwischen den beiden Betten über die Stange gleiten und entzog damit Mr. Dalzells sauberes leeres Bett und den Schaukelstuhl, an dem der Filzhut hing, dem Blick. Mit der Schuhspitze stieß sie die heruntergefallene, auf dem Fußboden liegende Jalousie aus dem Weg.

Dr. Courtland zog Laurel mit beiden Händen aus dem Zimmer. »Laurel, es ist keine Zeit zu verlieren.« Dann schloß er von drinnen die Tür.

Doch im Flur hörte sie die Antwort, die er der Schwester gab. »Der Verräter! Ich glaube, er hat sich einfach heimlich davongemacht.«

Fay stand im Wartezimmer. Sie wurde von einer alten Frau getätschelt, die Pantoffeln an den Füßen trug und in der freien Hand eine halb verzehrte Banane hielt,

»Und jeden Abend muß ich bei ihm wachen, ihm das Essen in den Mund schieben, ihm zu trinken geben, ihn meine Zigaretten rauchen lassen, ihn vom Denken abhalten!« jammerte Fay am Busen der Frau. »Und dann soll ich mich auch noch von einer unverschämten Krankenschwester, die sich in meine Angelegenheiten einmischt, aus dem Zimmer zerren lassen!«

Laurel ging auf sie zu. »Fay, es ist sehr ernst. Der Doktor ist jetzt bei ihm.«

»Sprich nicht mit mir, nie wieder!« kreischte Fay, ohne sich umzudrehen. »Diese Schwester hat mich gezerrt und gestoßen, und du hast es zugelassen!«

»Dr. Courtland will, daß wir hier warten, bis er uns ruft.«

»Darauf kannst du dich verlassen, daß ich warte! Und dann wird er hören, was ich ihm zu sagen habe!« rief Fay.

»Arme, kleine Frau«, sagte die alte Frau leichthin. »Die machen es uns allen nicht leicht.«

»Ich glaube, er stirbt«, sagte Laurel.

Fay fuhr mit einem Ruck herum, schnellte den Kopf vor und spuckte sie an.

Die alte Frau sagte: »Aber, aber. Warum setzt ihr euch nicht hin und spart eure Kräfte? Die werden schon kommen und euch alles erzählen. Ganz bestimmt.« In dem Kreis der um einen Tisch gruppierten Stühle war einer frei, und Fay setzte sich zwischen fünf oder sechs Männer und Frauen, die alle der alten Frau ähnlich sahen. Ihre Mäntel lagen übereinandergeworfen auf dem Tisch. Offene Schuhkartons und Papiertüten standen auf dem Fußboden herum: hier saß eine Familie beim Abendessen.

Laurel begann umherzuwandern, vorbei an dieser Gruppe und an den anderen Wartenden, die sich in Sesseln und auf Liegen räkelten oder schliefen, vorbei an dem Bildschirm, auf dem fahlblaue Westernhelden sich gegenseitig niederschossen, und bis zu der Tür zum Vorraum, wo sie eine Minute lang stehenblieb und auf die Uhr in der Wand über den Fahrstuhltüren blickte; dann nahm sie ihren Rundgang wieder auf.

Die Familie, zu der Fay sich gesetzt hatte, ließ die Unterhaltung nicht abreißen.

»Los, nun geh doch rein, Archie Lee, du bist jetzt dran«, sagte die alte Frau.

»Ich bin noch nicht soweit.« Der große, ungeschlachte Mann in dem kurzen roten, ponchoartigen Mantel war zu grauhaarig, um ihr Sohn zu sein, doch er sprach so, als sei er es. Er trank einen Schluck aus einer Halbliterflasche Whiskey.

»Sie lassen vorerst immer nur einen von uns rein. Du bist an der Reihe«, sagte die alte Frau. Sie wandte sich Fay zu. »Sind Sie aus Mississippi? Wir sind aus Mississippi. Die meisten von uns aus Fox Hill.«

»Ich bin *nicht* aus Mississippi. Ich bin aus Texas.« Sie stieß einen langen Klagelaut aus.

»Ist Ihrer auch operiert? Unseren haben sie operiert«, sagte eine der Töchter zu Fay. »Er ist, seit sie mit ihm fertig sind, auf der Intensivstation. Seine Chancen stehen eins zu hundert.«

»Geh jetzt rüber, du Angsthase«, befahl die Mutter.

»Sie haben meinem Mann am Auge rumgeschnitten, ohne mich zu fragen, und jetzt wollen sie mich hier aus der Klinik rausschmeißen!« jammerte Fay.

»Mama, Archie Lee ist an der Reihe, und ich bin nach dir dran. Geh du doch jetzt«, sagte die Tochter.

»Sie müssen mich eine Minute entschuldigen«, sagte die alte Frau zu Fay. Sie strich sich über den Busen, wo Fay sich ausgeweint hatte. »Ich gebe zu, ich weiß auch bald nicht mehr, was ich Dad noch sagen soll.«

»Weißt du, wie sein Gesicht mir vorkommt? Wie ein Stück Papier«, sagte eine verblüht aussehende Tochter.

»Das jedenfalls werde ich ihm nicht sagen«, erwiderte die alte Frau.

»Sag ihm, daß du nicht mehr allzu lange bleiben kannst«, schlug einer der Söhne vor.

»Frag ihn, ob er weiß, wer du bist«, sagte die verblüht aussehende Tochter.

»Oder du hältst einfach mal den Mund«, sagte Archie Lee.

»Immerhin ist er dein Dad, ebenso wie meiner«, sagte die alte Frau mahnend. »Ich geh jetzt zu ihm, weil du dich drückst. Du wartest hier auf mich! Lauf mir nicht davon, laß mich hier nicht sitzen.«

»Er weiß nicht, daß ich noch lebe«, sagte Archie Lee, als die Frau in ihren indianischen Mokassins zur Tür hinausschlurfte. Er setzte die Flasche an den Mund: Mr. Dalzells Sohn, seit langem verschollen.

Nachdem die alte Frau hinausgegangen war, schluchzte Fay noch lauter.

»Wie gefällt's Ihnen in Mississippi?« fragte Mr. Dalzells Familie sie fast im Chor. »Finden Sie's nicht sehr schön?«

»Ich bin wohl zu sehr an Texas gewöhnt.«

»Mississippi ist der beste Staat von allen«, sagte Archie Lee. Er legte die Füße hoch und streckte sich in seiner ganzen Länge auf der Couch aus.

»Ich hab nicht gesagt, daß ich keine Verwandtschaft hier habe. Mein einer Großpapa hat in der Nähe von Bigbee, Mississippi, gelebt«, sagte Fay.

»Was Sie nicht sagen!« sagte die jüngste Tochter. »Wir wissen genau, wo Bigbee ist, wir könnten's Ihnen sofort zeigen. Fox Hill ist nicht so leicht zu finden wie Bigbee. Aber *wir* finden es dort nicht einsam. Immerhin sind wir neun, wenn man uns alle zusammenzählt, die kleinen Kröten nicht mitgerechnet. Zehn, wenn Großpapa es übersteht. Er hat Krebs.«

»Mein Dad hatte auch Krebs. Und Großpapa! Großpapa hat mich mehr geliebt als alle anderen. Der süße alte Mann, er ist in meinen Armen gestorben «, sagte Fay und warf

Laurel quer durch den Raum einen funkelnden Blick zu. »Sie sind gestorben, aber vorher haben sie alles, was sie nur konnten, getan, um sich selbst zu helfen, und mit aller Macht haben sie versucht, gesund zu werden, um unseretwillen. Sie haben immer gesagt, wenn sie es nur fest genug wollten –«

»Ich sage zu unserem immer, man muß nur glauben«, sagte die verblühte Tochter.

Und als gehörte dieser Wetteifer im Austausch von Mißlichkeiten in einem Wartezimmer zur Tagesordnung oder zur Nachtordnung, merkten sie alle nicht, wie die Minuten verstrichen – es war ihnen so wenig bewußt wie dem Mann auf der Couch, dessen baumelnde Hand jetzt die Flasche fallen ließ: wie ein leerer Pantoffel schlitterte sie über den Boden, Laurel vor die Füße. Laurel setzte ihren Rundgang fort, den weiten Abstand ihrer Trostlosigkeit zwischen sich und den anderen.

»Wenn sie Dad bloß was zu trinken geben würden! Oder wenn er sich wenigstens den Mund spülen dürfte«, sagte die alte Mutter, als sie zurückkam – Laurel stieß in der Tür fast mit ihr zusammen.

»Weißt du noch, damals, die Sache mit Mamis Sohn?« Eine zweite Familie war hereingekommen und gruppierte sich jetzt um den Coke-Automaten. Der Mann, der den Apparat betätigte, rief: »Er hatte sich angeschossen, oder wer anders hat ihn angeschossen, einerlei. Jedenfalls bat er um Wasser. Aber im Krankenhaus haben sie ihm keins gegeben. Ja, er ist gestorben und hat bis zuletzt um Wasser gebettelt.«

»Das erinnert mich an Joe Boy Bush aus Bruintown«, sagte ein anderer Mann und wandte sich vom Bildschirm ab. »Der lag da, ohne einen Tropfen Wasser, und schließlich griff er sich diesen Schlauch, biß ihn mittendurch und trank die ganze Traubenzuckerlösung, trank sie bis auf den letzten Tropfen. Und keine zwei Wochen später war der Dummkopf aus dem Bett raus und wurde nach Hause geschickt.«

»Zwei Wochen! Was meinen Sie, wie lange man uns hier schon festhält!« rief Fay.

»Wenn die eurem Dad nicht bald Wasser geben, dann gehn wir alle zusammen rüber und schütten es ihm rein«, gelobte die alte Mutter. »Wenn er schon sterben muß, dann soll er wenigstens nicht durstig sterben.«

»Sehr richtig, Mama.«

»Hab ich nicht recht, Archie Lee?«

Doch Archie Lee lag mit offenem Mund auf der Couch.

»Ein schöner Anblick! Ich bin froh, daß sein Dad hier nicht reinkommen kann und ihn so sieht«, sagte die alte Frau.

»Nein, wenn Dad sterben muß, laß ich es nicht zu, daß er durstig stirbt!« beteuerte sie, und die anderen brachen in rauhes Lachen aus.

»Wir schütten es ihm rein!« rief die Mutter. »Gegen uns kommt er nicht an!« Ihre Angehörigen lachten noch lauter, als könnten sie sich nicht halten vor Lachen. Ein paar Leute von den anderen Familien fielen in das Gelächter ein. Laurel hatte das Gefühl, als müßte sich das ganze Wartezimmer jeden Augenblick in Wartezimmergelächter auflösen.

Dann stand Dr. Courtland in der Tür, seine Taschenuhr in der Hand wie ein Gewicht.

Als Laurel und Fay zu ihm traten, zog er sie in den Vorraum hinaus. Die Tür von Judge McKelvas Zimmer war geschlossen.

»Ich konnte ihn nicht retten.« Er stand in der Mitte, zwischen den beiden Frauen, und legte beiden eine Hand auf den Arm. Er neigte den Kopf, doch verbarg das nicht die Betroffenheit, die Entrüstung, die in seiner Stimme mitschwang. »Er ist von uns gegangen, und sein Auge war dabei zu heilen!«

»Wollen Sie mir damit sagen, daß Sie meinen Mann haben sterben lassen?« rief Fay.

»Ein Kreislaufkollaps.« Das Gesicht des Doktors war schlaff vor Erschöpfung, die Wangen hingen grau herab. Seine Hände ruhten noch immer auf den Armen der beiden Frauen. »Sie haben sich meinen Geburtstag dazu ausgesucht!« schrie Fay. Im gleichen Augenblick kam Mrs. Martello aus dem Zimmer. Sie schloß die Tür hinter sich. Sie trug einen Wäschekorb. Sie tat, als sähe sie die drei nicht, als sie mit ihren Gummiabsätzen vorbeistampfte.

Laurel fühlte, wie die Hand des Doktors sich fest um ihren Arm schloß. Sie war drauf und dran gewesen, geradenwegs zu dem einsam Daliegenden zu eilen. Dr. Courtland führte die beiden Frauen zum Fahrstuhl. Laurel bemerkte, daß er im Abendanzug war.

Am Fahrstuhl angekommen, stieg er mit ihnen ein. Auch hier stand er zwischen Laurel und Fay. »Vielleicht haben wir ihn überfordert«, sagte er grollend. »Und dennoch, er hätte nicht mehr lange ausharren müssen.« Er blickte unwillig in das grell aufblitzende Licht der vorüberhuschenden Flure. »Und ich war so gespannt, wie gut er mit dem Auge *sehen* würde!«

Fay sagte: »Ich wollte von Anfang an nicht, daß Sie an dem Auge etwas machen. Das Auge war so strahlend und keck, wie es Ihre Augen jetzt sind. Er hatte sich einen kleinen Kratzer von so einem alten Rosenzweig geholt, nichts weiter. Er hätte das überstanden, alles wäre inzwischen längst vergessen! Die Natur hätte dafür gesorgt. Aber Sie glaubten ja, Sie wüßten es besser!« Ohne den Blick von ihm zu wenden, begann sie zu weinen.

Dr. Courtland sah sie kurz an, als habe er schon viele Frauen wie Fay gesehen. Als sie unter all den anderen Leuten den Fahrstuhl verließen, blickte er Laurel mit der Andeutung eines Lächelns in die Augen. Gleich darauf sagte er zu ihr: »Er hat mir das Medizinstudium ermöglicht, mich über Wasser gehalten, als Daddy starb. Damals war das ein Opfer. Die Wirtschaftskrise schlug zu – und er verhalf mir zu meinem beruflichen Start.«

»Manche Dinge lassen es nicht zu, daß man über sie spricht«, sagte Laurel.

»Nein«, sagte er. »Nein, wirklich.« Er nahm seine Brille ab und steckte sie ein, als hätten er und sie soeben ihre Namen unter diese Worte gesetzt. Dann sagte er: »Laurel, du hast niemanden von zu Hause um dich. Möchtest du vielleicht mit zu uns kommen, für den Rest der Nacht? Betty würde sich so freuen. Das Dumme ist, daß bei uns allerlei Trubel im Gange ist. Dell, unsere älteste, ist achtzehn und –«

Laurel schüttelte den Kopf.

»Mein Fahrer wartet übrigens draußen«, fuhr Dr. Courtland fort. »Sobald ihr im Büro alles erledigt habt, lasse ich euch hinfahren, wohin ihr wollt. Ich gebe euch was mit, damit ihr schlafen könnt.«

»Ich hoffe bloß, daß Sie heute nacht nicht schlafen können und darüber nachdenken, wie wenig Sie ausgerichtet haben!« rief Fay.

Er führte sie weiter, zu den Schaltern, wo das Nötige zu erledigen war, und als sie aus der Klinik hinaustraten, in die Luft und den Straßenlärm und die Geräusche dieser Nacht, half er ihnen in seinen Wagen.

»Ich werde Adele anrufen«, sagte er zu Laurel. Adele

war seine Schwester in Mount Salus. »Du kannst ihn morgen nach Hause bringen.« Noch immer machte er keine Anstalten, in das Gebäude zurückzugehen, sondern blieb am Wagen stehen, die Hand auf dem Griff der Tür, die er gerade geschlossen hatte. Schließlich gab er den hinausgezögerten Augenblick der Sinnlosigkeit preis. Laurel ahnte, daß ihn vielleicht nichts anderes an diesem ganzen Tag oder in seinem ganzen Leben so schwer angekommen war.

»Ich wünschte, ich hätte ihn retten können«, sagte er.

Laurel berührte mit der Hand die Fensterscheibe. Er winkte und wandte sich schnell ab.

»Vielen Dank für nichts«, schrie Fay über das Surren des anfahrenden Wagens hinweg.

Laurel war noch immer bemüht, sich darauf einzustellen, wieviel Zeit die Dinge brauchten. Sie kamen nur langsam auf den Straßen vorwärts. Viele Male waren sie gezwungen zu warten. Hin und wieder mußte der Fahrer zum Fenster hinausbrüllen, bevor sie ihren Weg fortsetzen konnten.

Fay packte Laurels Arm, wie sie den Arm irgendeines fremden Menschen gepackt hätte. »Ich hab eben – ich hab eben einen Mann gesehen, der war als Skelett verkleidet, und sein Mädchen trug ein langes weißes Kleid und hatte Schlangen auf dem Kopf statt Haaren und einen Lilienstrauß in der Hand! Sie kamen die Stufen runter, aus dem Haus da drüben, als ob sie jetzt erst losgehen!« Dann brach es erneut aus ihr hervor, und das Sehnen oder der Zorn ihres ganzen Lebens lag in ihrer Stimme, als sie ausrief: »Ist *das* der Karneval?«

Laurel hörte eine Jazzband spielen, und dann eine zweite, die sie übertönte. Sie hörte den Lärm der Menge, das unverwechselbare Geräusch von Hunderten, Tausenden von Menschen, die ziellos durch die Straßen zogen.

»Ich hab einen Mann in Louisianamoos gesehen, ein ganzes Kostüm aus Louisianamoos, und er stand allein auf dem Bürgersteig und erbrach sich in aller Öffentlichkeit«, sagte Fay. »Warum mußte mir dieses Schauspiel vorgeführt werden?«

»Wo kommen Sie denn her?« fragte der Fahrer spöttisch. »Es ist Mardi Gras – die letzte Karnevalsnacht.«

Als sie ankamen, stellten sie fest, daß der Karneval auch über das »Hibiscus« hinwegflutete. Masken kamen und gingen. Die Katze war von ihrer Kette losgebunden und ins Haus gelassen worden; sie wandte ihnen ihr zerfurchtes Gesicht zu, sah sie an und sprang die Stufen hinauf. Auf dem oberen Treppenabsatz blieb sie in ihrem mit Ziermünzen benähten Affenkostüm wartend stehen.

»Und alles an meinem Geburtstag. Keiner hat mir gesagt, daß mir *das* zustoßen würde«, jammerte Fay, bevor sie die Tür hinter sich zuschlug.

Ihr Schluchzen, immer wieder die gleichen zwei dicht aufeinanderfolgenden anklagenden Töne, hielt noch eine Zeitlang an und drang durch die dünne, den Schall noch verstärkende Wand zwischen den beiden Betten herüber. Laurel lag im Dunkeln und wartete darauf, daß es ein Ende nähme. Das Haus brauchte länger, bis es zur Ruhe kam, als Fay; die Stadt länger als das Haus. Schließlich hörte sie nur noch das lustige Quaken von Fröschen, das aus der inzwischen ausgehobenen Baugrube von nebenan heraufdrang. Gegen Morgen hallte in der Ferne der letzte, abschließende Pistolenschuß. Danach kam nichts mehr; kein Echo.

Am Nachmittag reisten sie ab. Judge McKelvas Leichnam befand sich im gleichen Zug, dem angenehmen New Orleans-Chicago-Express, mit dem er immer so gern gefahren war: er hatte sich gefreut an den gestärkten weißen

Damasttischtüchern, den echten Rosenknospen in der silbernen Vase, dem knusprigen Stangensellerie auf Eis, an den frischen Erdbeeren aus Hammond in der Erdbeerzeit und an dem Service. Jetzt waren die Tage dieses Zuges gezählt.

Im letzten Waggon saßen die beiden Frauen zurückgelehnt auf Liegesitzen in ihrem von dem gläsernen Aussichtssalon abgetrennten Abteil. Fay hatte mit einer heftigen Fußbewegung ihre Schuhe weggeschleudert. Das Gesicht abgewandt lag sie da, ohne zu sprechen.

Tief im Sumpfland, wo die schwarzen Bäume über und über mit roten tropfengleichen Knospen besetzt waren, stand eine einzelne kleine Buche, die sich ihre Blätter vom Vorjahr bewahrt hatte. Laurel kam es so vor, als begleite die kleine Buche den Zug, als gleite sie mit wundersamer Schnelligkeit durch die hinter ihnen zurückbleibenden Zypressen. Es war ihr eigenes Spiegelbild im Fensterglas – die Buchenkrone war ihr Kopf. Jetzt war sie fort. Jetzt, da der Zug das schwarze Sumpfland hinter sich ließ und in die weite Ebene des Pontchartrain-Sees hineinfuhr, füllte sich das Fenster mit einem Himmel, wo über fahlem, spiegelglattem Wasser eine Möwe hing. Ihre leeren regungslosen Flügel erinnerten Laurel an die Zeiger einer stehengebliebenen Wanduhr. Sie mußte dann wohl geschlafen haben, denn nichts, so schien es, hatte sich vor ihren Augen verändert, bis die Möwe plötzlich zu den Zeigern der erleuchteten Turmuhr des Rathauses wurde, hoch über den nachtschwarzen Bäumen von Mount Salus.

Fay schlief noch. Als Laurel sie an der Schulter berührte, um sie zu wecken, schlug sie mit den Händen um sich und sagte: »O nein, nein, nicht noch mehr!«

Zwei

1

Schon bevor der Zug endgültig hielt, schob der alte Gepäckträger seinen Karren mit den eisernen Rädern auf den Gepäckwagen zu. Laurels sechs Brautjungfern – wie sie sich selbst noch immer nannten – warteten alle auf dem Bahnsteig. Ein Stück vor ihnen stand Miss Adele Courtland, Dr. Courtlands Schwester. Sie wirkte sehr gealtert. Als Laurel als erste ausstieg, legte Miss Adele in einer zärtlichen Geste die Hände aneinander und breitete dann die Arme aus.

»Polly«, sagte sie.

»Wozu sind Sie alle hier?« fragte Fay, als Laurel aus einer Umarmung in die andere tauchte.

»Wir wollten euch doch abholen«, sagte Tish Bullock. »Und euch nach Hause begleiten.«

Laurel nahm mit halbem Auge wahr, wie hinter ihr die Reihe erleuchteter Fenster davonglitt. Der Zug gewann so schnell an Geschwindigkeit, wie er zum Halten gekommen war. Während er in der Ferne entschwand, wurde der Gepäckkarren, jetzt mit dem langen Gehäuse beladen und von einem dunkel gekleideten Fremden begleitet, langsam den Bahnsteig entlanggerollt und zu einem Leichenwagen gelenkt, der rückwärts und mit weit geöffneter Tür zwischen den parkenden Wagen stand.

»Daddy wollte auch kommen, Laurel, aber wir haben ihn überredet, sich zu schonen«, sagte Tish, die mit wachsamem Blick beobachtete, was mit dem Sarg geschah. Sie hatte sich bei Laurel eingehängt.

»Ich bin Mr. Pitts, vielleicht erinnern Sie sich an mich«, sagte der Fremde, der jetzt an Laurels anderer Seite erschien. »Haben Sie irgendwelche Wünsche, was mit Ihrem Herrn Vater geschehen soll?« Und als sie nichts darauf erwiderte, fuhr er fort: »Ist es Ihnen recht, wenn wir ihn in unserem Institut aufbahren? Oder ziehen Sie es vor, daß er im Hause ruht?«

»Mein Vater? Nun – bei sich zu Haus«, stammelte Laurel.

»Im Hause. Bis zur Trauerfeier. Wie es bei der ersten Mrs. McKelva der Fall war«, sagte der Mann.

»Ich bin jetzt Mrs. McKelva. Wenn Sie vom Beerdigungsinstitut sind, verhandeln Sie bitte mit mir«, sagte Fay.

Tish Bullock sah Laurel augenzwinkernd an. Es dauerte eine Sekunde, bis Laurel sich erinnerte: es war das unwillkürliche Zeichen, mit dem die Brautjungfern in Momenten großer Freude oder tiefen Kummers einander ihre Verbundenheit bekundeten.

Sie hörte ein dumpfes Dröhnen, das wie das Donnern einer heranrollenden Meereswelle klang. Die Tür des Leichenwagens war zugeschlagen worden.

»– und morgen vormittag gegen zehn können Sie ihn zurückhaben«, sagte der Mann vom Bestattungsinstitut zu Fay. »Doch zunächst müssen Sie und ich an einem ruhigen, würdigen Ort ein kleines vertrauensvolles Gespräch miteinander führen, bei dem Sie Gelegenheit haben werden –«

»Worauf Sie sich verlassen können«, sagte Fay.

Jetzt fuhr der Leichenwagen fort. Er bog links in die Main Street ein, verdeckte den Zaun vorm Rathaus und verschwand hinter der presbyterianischen Kirche.

Mr. Pitts wandte sich um und machte Laurel seine Verbeugung. »Ich bringe Ihnen die Dame in einer kleinen Weile zurück«, sagte er.

Miss Adele nahm Laurels Mantel über den Arm, und die Brautjungfern ergriffen die Gepäckstücke. Draußen wartete der alte Chrysler der Bullocks.

Es war gerade Nacht geworden in Mount Salus. Sie bogen rechts in die Main Street ein und fuhren die dreieinhalb Häuserblocks entlang.

Aus allen Fenstern des McKelvaschen Hauses flutete Licht, auch aus denen des oberen Stockwerks. Als Tish an der Reihe parkender Wagen vorbeifuhr und in die Auffahrt einbog, sah Laurel, daß die Narzissen blühten: in langen Streifen säumten sie den Vorplatz, Hunderte kleiner weißer Trompeten. Tish drückte leicht auf die Hupe. Die Haustür öffnete sich, noch mehr Licht strömte in die Nacht, und die stämmige Gestalt von Miss Tennyson-Bullock erschien. Sie kam ein paar Schritte heraus und blieb auf der Veranda stehen.

Laurel lief vom Wagen quer über den Rasen und die Eingangsstufen hinauf. Miss Tennyson – Tishs Mutter – rief ihr mit heller, klingender Stimme entgegen: »Und er war doch so ein Schatz!« Sie schloß Laurel in die Arme.

Ein halbes Dutzend, ein Dutzend alter Freunde der Familie hatte hier im Hause gewartet. Sie kamen aus den zu beiden Seiten gelegenen Räumen, als Laurel eintrat. Die meisten hatten ein eigens eingeübtes Lächeln aufgesetzt, und sie alle nannten sie »Laurel McKelva«, so wie sie sie immer genannt hatten. Hier, in seinem Haus, hinter seiner Eingangstür, war niemand, der über das, was Judge

McKelva zugestoßen war, überrascht oder bestürzt schien. Laurel glaubte sich zu erinnern, daß Presbyterianer sich durch diese Haltung besonders hervortaten.

Doch aus dem Eßzimmer hörte man das dumpfe Ächzen eines Mannes. Major Bullock kam schwankend in die Halle heraus und bahnte sich zwischen den Versammelten hindurch einen Weg. Aufbegehrend rief er: »Ich will es nicht glauben. Er war doch nie krank, nicht einen einzigen Tag in seinem Leben!« Laurel ging auf ihn zu und küßte ihn auf die Wange.

Er war der einzige Mann in der Halle. Vielleicht war es ein gewisses Taktgefühl, was die Brautjungfern und die älteren Frauen – soweit sie nicht schon verwitwet waren – bewogen hatte, an diesem Abend ihre Männer zu Hause zu lassen.

Miss Tennyson, die Laurel von ihrer Handtasche und den zusammengedrückten Handschuhen befreit hatte, strich sich den Scheitel glatt. Sie war die älteste Freundin von Laurels Mutter gewesen, der erste Mensch, den ihre Mutter kennengelernt hatte, als sie als neuvermählte Ehefrau nach Mount Salus gekommen war.

Jetzt warf sie Tish verstohlen einen Blick zu und fragte: »Dann hat Mr. Pitts also tatsächlich Fay zu fassen gekriegt?«

»Er bringt sie uns in einer kleinen Weile zurück.« Tish ahmte ihn hervorragend nach.

»Die arme kleine Frau! Wie wird sie damit fertig, Laurel?« fragte Major Bullock.

Sie schwieg eine Weile und sagte schließlich: »Ich glaube, bei Fay läßt sich schwer etwas voraussagen.«

»Laßt Laurel, wir wollen nicht weiter in sie dringen«, meinte Miss Adele Courtland.

Miss Tennyson führte Laurel ins Eßzimmer. Die Brautjungfern hatten ein kaltes Büfett vorbereitet. Auf dem kleinen Abstelltisch, wo Mr. Bullock gerade, den anderen den Rücken zukehrend, hastig etwas austrank, stand das Getränketablett. Laurel fand sich auf ihrem alten Platz am Eßtisch wieder. Sie war die einzige, die saß. Alle anderen waren bemüht, sie zu bedienen. Unmittelbar neben ihr stand Miss Tennyson und versuchte, sie zum Essen zu bewegen.

»Was tun all die Leute hier in meinem Haus?«

Das war Fays Stimme in der Halle.

»Du findest drei Reihen Kuchen in der Pantry vor und einen zum Bersten gefüllten Kühlschrank«, sagte Miss Tennyson, als sie hinausging, um Fay zu begrüßen. »Und einen gedeckten Tisch im Eßzimmer, voll genug, daß du nicht hungrig zu Bett gehen mußt.«

»Ich wußte gar nicht, daß ich einen Empfang gebe«, sagte Fay. Sie kam an die Eßzimmertür und starrte hinein.

»Wir sind Laurels Freunde, Fay«, erinnerte sie Tish. »Wir sechs hier waren ihre Brautjungfern.«

»Was nützen mir wohl ihre Brautjungfern! Und wer macht es sich in meinem Wohnzimmer bequem?« Sie durchquerte die Halle.

»Fay, da drinnen sind die letzten noch lebenden treuen Mitglieder von unserem alten Gartenklub, dessen Präsidentin ich jetzt bin«, sagte Miss Tennyson. »Sie sind – sie sind in Gedenken an Laurels Mutter gekommen.«

»Was hab ich mit Beckys Gartenklub zu tun?« rief Fay. Sie steckte den Kopf zur Wohnzimmertür hinein und sagte: »Die Beerdigung findet erst morgen statt.«

»Jetzt, wo sie da zusammenhocken, wird es schwer sein, sie auf morgen zu vertrösten«, sagte Miss Tennyson. »Sie haben alle ihre Blumen abgepflückt und hergebracht.«

Laurel verließ ihren Platz am Tisch und ging hinaus zu

Miss Tennyson und den sich um sie scharenden Frauen. »Sie alle hier sind Vaters Freunde, Fay. Es sind genau diejenigen, von denen er erwartet hätte, daß sie uns hier im Haus empfangen. Er hätte auf sie gezählt«, sagte sie. »Und ich zähle auf sie.«

»Dann ist es nur um so ungerechter. Ich habe keinen Menschen, auf den ich zählen kann. Ich habe nur mich, mich selbst und sonst niemanden.« Fays Blick wanderte zu dem einzigen Mann unter den Anwesenden, und sie klagte ihn an: »Ich hab keine Menschenseele.« Sie stieß einen Schrei aus und rannte die Treppe hinauf.

»Die arme kleine Frau, sie ist so hilflos«, sagte Major Bullock. »Wir werden uns um sie kümmern müssen.« Er blickte umher und sah die Koffer, die noch immer neben der Haustür standen. Es waren drei: der eine war Judge McKelvas Koffer. Major Bullock belud sich mit ihnen und ging langsam die Treppe hinauf. Als er fast unmittelbar darauf wieder herunterkam, war sein Schritt noch schwerer. Mit ausgestrecktem Arm trug er einen in voller Länge vom Kleiderbügel herabhängenden schwarzen Winteranzug vor sich her. Der Anzug schwankte, als Major Bullock die Kurve auf dem Treppenabsatz nahm, noch mehr als er selbst. In der anderen Hand hielt er einen Schuhkarton, und unter dem Arm ein Lederfutteral.

»Sie hat mich zu Pitts geschickt, Tennyson«, sagte er. »Ich soll ihm die Sachen hier bringen.«

»Einfach so, ohne alles, durch die Straßen?« wandte Miss Tennyson ein. »Aber ich nehme an, du konntest ihr die Mühe, das Zeug einzupacken, nicht zumuten.«

»Ich wollte so schnell wie möglich wieder aus dem Zimmer raus«, sagte Major Bullock steif. Doch sein Ellenbogen gab nach, und der Anzug sackte einen Augenblick lang herab, so daß sich die Hosenbeine auf dem Fußboden wellten. Er stand da, inmitten der Frauen, und weinte. »Ich kann es einfach noch nicht glauben!« sagte er. »Ich kann es nicht glauben, daß Clint uns für immer verlassen hat und daß er jetzt bei Pitts liegt –«

»Laß nur, ich glaube es schon für dich«, sagte Miss Tennyson, während sie auf ihn zueilte. Sie brachte den Anzug in Sicherheit und legte ihn ihrem Mann über den Arm, so daß er ihn besser tragen konnte und der Anzug nicht so sehr einem Menschen glich. »Jetzt geh, und tu, was sie dir gesagt hat. Du wolltest ja unbedingt heute abend dabeisein!«

Oben wurde, wenn auch nicht sehr laut, die Schlafzimmertür zugeschlagen. Laurel hatte nie zuvor jemanden diese Tür zuschlagen hören. Sie ging zu Major Bullock hinüber und legte einen Augenblick lang ihre Wange an die seine. Sie fühlte die Tränen in seinem Gesicht und roch den Bourbon in seinem Atem. Er gab sich einen Ruck und wirbelte aus dem hell erleuchteten Haus in die Nacht hinaus.

»Daddy, warte! Ich fahre dich hin!« rief Tish und lief hinter ihm her.

Es war das Signal zum Aufbruch, und als sie alle gute Nacht gesagt und versprochen hatten, am Morgen zeitig wieder da zu sein, brachte Laurel sie an die Tür und wartete, bis die Wagen fortgefahren waren. Dann ging sie durch das Wohnzimmer bis zu der offenen Tür der dahintergelegenen Bibliothek. Dicht an den Schreibtisch herangerückt, stand der alte Sessel ihres Vaters.

Von der Küche her drang das Klappern von Tellern, die vorsichtig aufeinandergesetzt wurden, an ihr Ohr. Sie ging durch die Pantry hinüber.

»Ich bin's.«

Laurel hatte gewußt, daß es nur Miss Adele Courtland

sein konnte. Sie hatte schon das übriggebliebene Essen weggestellt und das Geschirr gespült und war gerade dabei, die große Truthahnplatte blank zu reiben – ein Stück von dem alten Haviland-Service mit dem Lorbeerblattmuster, das Laurels Mutter so geliebt hatte.

»Hier in der Küche geht's ja schon bald wieder los«, sagte Miss Adele, als wollte sie sich entschuldigen.

»Sie sind so gut, Sie können nicht anders als gut sein – das hat Vater in New Orleans über Sie gesagt«, sagte Laurel. Dann fügte sie hinzu: »Und auch er war das Beste, was man sich wünschen konnte – Dr. Courtland.«

Miss Adele nickte.

»Was geschehen ist, hatte mit Vaters Auge überhaupt nichts zu tun. Er war auf dem besten Wege, wieder zu sehen«, erzählte ihr Laurel. »Dr. Courtland hat die richtige Diagnose gestellt. Er hat alles richtig gemacht.« Miss Adele nickte, und Laurel schloß: »Was geschehen ist, war anders als das, was damals bei Mutter geschehen ist.«

Miss Adele nahm das aufeinandergesetzte Geschirr vom Küchentisch, trug es ins Eßzimmer und tat alles an seinen Platz in den Fächern des Porzellanschranks. Die Truthahnplatte stellte sie hochkant in die dafür vorgesehene Halterung hinter der Sauciere. Sie räumt die Gläser ein, und stellte die kleinen Weingläser wieder im Kreis auf, rings um die Karaffe mit dem geklebten, immer noch zusammenhaltenden Glasstöpsel. Vorsichtig, damit die alte kopflastige Vitrine nicht ins Wanken geriet, schloß sie die leise klirrende Glastür.

»Die Menschen leben jeder auf seine Weise, und ich glaube fast, Laurel, bis zu einem gewissen Grade sterben sie auch auf ihre eigene Weise.« Sie wandte sich um, und das Licht des Kronleuchters fiel auf ihr feingeschnittenes, vornehmes Gesicht, das in der kurzen Zeit, als sie draußen in der Küche allein mit sich gewesen war, noch welker geworden schien. Ihr verblichenes Haar war zu einem Knoten im Nacken aufgesteckt, so wie sie es immer getragen hatte, schon als sie im ersten Schuljahr Laurels Lehrerin gewesen war. Ihre Stimme gebot noch über die gleiche Autorität wie damals. »Schlaf jetzt, Laurel. Morgen früh sind wir alle wieder da, und du weißt, daß wir nicht die einzigen sein werden. Gute Nacht!«

Sie verließ das Haus wie immer durch die Küchentür und ging durch die Nachbargärten heim. Die Dunkelheit draußen war vom Duft der Blumen erfüllt. Als in der Küche der Courtlands das Licht anging, schloß auch Laurel die hintere Tür. Sie ging durchs Haus und löschte die Lichter. Der schwache Schimmer auf der Treppe rührte von ihrer Bettlampe her, die jemand schon für sie angeknipst hatte.

In ihrem Zimmer entkleidete sie sich, schob das Fenster hoch, nahm das erste Buch, das sie griff, mit ins Bett und lag da, ohne es aufzuschlagen.

Die nächtliche Stille von Mount Salus kam ihr irgendwie verändert vor. Man hörte jetzt den Verkehr von einer neuen Schnellstraße, ein Geräusch, das wie das zornige Summen einer Fliege klang, die wieder und wieder gegen eine Fensterscheibe fliegt.

Als Kind hatte Laurel in diesem Zimmer und in diesem Bett mit geschlossenen Augen dagelegen wie jetzt und dem nächtlichen Klang der beiden geliebten Stimmen gelauscht, die beim Vorlesen abwechselnd zu ihr herauf drangen. Sie hatte vor Glück kaum einschlafen können, hatte versucht, sich wach zu halten. Sie liebte ihre eigenen Bücher, aber noch mehr liebte sie die ihrer Eltern, die für sie die Stimmen ihres Vaters und ihrer Mutter bedeuteten. Wenn sie am späten Abend ihre Eltern einander vorlesen hörte, war es ihr, als ob die zwei Stimmen, die sich ablösten, ohne daß ein Schweigen sie trennte oder unterbrach, sich zu einer einzigen, nie versiegenden Stimme vereinigten, deren Klang sie schützend umhüllte. Lauschend lag sie in ihrem Bett, so still, als schliefe sie, bis sie unter dem samtigen Mantel von Worten, einen Umhang, reich gemustert und mit Gold bestickt, wie aus einem Märchen, dem Schlaf anheimfiel, während sie weiterlasen, bis in ihre Träume hinein.

Fay schlief weiter von ihr entfernt in dieser Nacht als im »Hibiscus« – hier hörten sie einander nicht –, doch zugleich war sie auf andere Weise näher: sie schlief in dem Bett, in dem Laurel zur Welt gekommen und in dem ihre Mutter gestorben war. In dieser Nacht horchte Laurel nicht auf Stimmen, sondern auf das Schlagen der Uhr, die im Wohnzimmer auf dem Kaminsims stand. Aber die Uhr blieb stumm.

2

Zur gewohnten Zeit, gegen sieben, stand Laurel auf und ging in ihrem Morgenmantel hinunter. Es war ein klarer, strahlender Morgen; die Schatten der frühen Stunde fleckten den Glanz auf den Fußböden und dem Eßzimmertisch. Und mitten in der Küche stand, in Hut und Mantel, Missouri.

»Muß ich wirklich glauben, was ich gehört habe?« fragte Missouri.

Laurel ging auf sie zu und nahm sie in die Arme. Missouri legte Hut und Mantel ab und hängte beides, zusammen mit ihrer Umhängetasche, an einen Nagel. Sie wusch sich die Hände und schüttelte eine frische Schürze auseinander – genauso, wie sie schon, als Laurels Mutter noch lebte, jeden Morgen ihre Arbeit begonnen hatte.

»Nun, *ich* bin noch hier, und Sie sind noch hier«, sagte Missouri. Es war das Angebot, Trost zu spenden und dafür Trost zu empfangen. Nach kurzem Zögern fuhr Missouri fort: »*Er* wollte immer, daß Miss Fay ihr Frühstück ans Bett bekommt.«

»Dann wirst du ja wissen, wie du sie am besten weckst«, sagte Laurel. »Wenn du es ihr raufbringst. Macht es dir was aus?«

»Ich tu's für ihn«, sagte Missouri, und ihre Züge wurden

sanft. »Er hat sich so gefreut, daß jemand da war, den er verwöhnen konnte.«

Nach einer Weile, als Missouri gerade mit dem Tablett hinausging, kam Miss Adele Courtland zur Küchentür herein. Sie trug ihr bestes Kleid – natürlich, sie hatte es so eingerichtet, daß sie heute ihre Schüler nicht zu unterrichten brauchte. Sie brachte Laurel Narzissen mit, zwei Hände voll von den nickenden grauweißen Narzissen mit dem eckigen Kelch.

»Du weißt, von wem meine stammen – ihre blühen vor eurem Haus. Silberglocken«, erinnerte Miss Adele sie. »Gibt es noch irgendwo ein Plätzchen, wo man sie hinstellen kann?«

Sie gingen durch das Eßzimmer und hinüber ins Wohnzimmer. Das ganze Haus war voller Blumen; Laurel bemerkte sie heute morgen zum erstenmal – die blühenden Prunus- und Holzapfelzweige, den faserigen gelben Jasmin, die großen Narzissensträuße, die mitsamt den Vasen und Krügen, in denen sie standen, von den Nachbarn in der Straße gebracht worden waren.

»Auf Vaters Schreibtisch –?«

»Miss Laurel, ich rufe Miss Fay immerfort, aber sie rührt sich nicht in ihrem Bett!« rief Missouri von der Treppe her.

»Dein Tag hat begonnen, Laurel«, sagte Miss Adele. »Ich gehe an die Tür, wenn es läutet.«

Laurel ging hinauf, klopfte und öffnete die Tür zu dem großen Schlafzimmer. Statt des Sekretärs ihrer Mutter, der immer zwischen den beiden Fenstern gestanden hatte, blickte ihr das Bett entgegen. Es schien in einem Bad rosigen Lichts zu schwimmen. Das Kopfende aus Mahagoni, das bis zur Höhe des Kaminsimses aufragte, war von oben bis unten gepolstert und mit gesteppten pfirsichfarbenen

Satin bezogen; eine Rüschendecke aus pfirsichfarbenem Satin lag über dem Fußteil; pfirsichfarbener Satin umwallte die Fenster. Fay schlief, tief unter der Decke, in der Mitte des Bettes; ihre beiden Hände lagen, locker zur Faust geballt, oberhalb des Kopf es. Laurel konnte ihr Gesicht nicht sehen, sondern nur ihren Nacken, die verwundbarste Stelle jedes Menschen. Kann man bei einem Menschen, den man schlafen sieht, je ganz sicher sein, daß man ihn nicht falsch beurteilt hat? dachte sie. Dann fiel ihr Blick auf die neuen grünen Schuhe, die wie Zierat auf dem Kaminsims standen.

»Fay!« rief sie.

Fay regte sich nicht.

»Fay, es ist heller Tag.«

»Leg dich wieder hin und schlaf.«

»Ich bin's – Laurel. Es ist gleich zehn. Bald werden die ersten Leute kommen. Man wird nach dir fragen.«

Fay stützte sich auf beiden Armen auf und rief über die Schulter: »Ich bin die Witwe! Die können alle warten, bis ich da bin.«

»Ein gutes Frühstück wird Ihnen guttun«, sagte Missouri und trat mit dem Tablett zur Seite, um Laurel hinauszulassen.

Laurel badete und kleidete sich an. Ein dumpfes Geräusch wie fernes Donnergrollen ging unten durch die Halle und ließ ihre Hände zittern, als sie sich das Haar aufstecken wollte. Eine der Stimmen herrschte über alle anderen: Miss Tennyson-Bullock übernahm das Kommando.

»Diesmal ist also Clint der Grund, daß Sie heimgekommen sind«, tönte ihr die Stimme einer alten Dame entgegen, als sie die Treppe hinunterkam. Bei ihrem Anblick konnte sich Laurel im ersten Moment nur daran erinnern, daß man einen Ball, der einem als Kind über ihren Gartenzaun flog, nie wiederbekam.

»Ja, Töchter sollten daheim bleiben, damit sie ein wachsames Auge auf uns Alte haben«, sagte Miss Tennyson-Bullock und nahm Laurel am Fuß der Treppe mit einer kräftigen Umarmung in Empfang. »Liebling, sie haben ihn gerade gebracht.«

Miss Tennyson ging voran ins Wohnzimmer. Alles lag im Halbdunkel. Überall im Erdgeschoß waren die Vorhänge der hohen alten Fenster zugezogen worden. Im Wohnzimmer brannten Lampen, obwohl draußen hellichter Tag war, und als Laurel den Raum betrat, hatte sie das Gefühl, daß die Möbel fehl am Platze seien. Einige Besucher erhoben sich und bildeten schweigend eine Gasse für sie.

Die Schiebetür zwischen dem Wohnzimmer und der Bibliothek war ganz zurückgeschoben worden, und hier hatte man den Sarg aufgestellt. Er stand erhöht, auf einer Art Plattform, die mit einem Tuch, einem abgenutzten alten Samtvorhang, der die Räder nur halb verdeckte, drapiert worden war. Hinter dem Sarg wurde gerade eine Wand von Farngewächsen aus einer Gärtnerei aufgebaut. Anschließend trat ein Mann hinter dem Grün hervor und hob ihr ein volles, kantiges Gesicht entgegen, dessen strenge Linien alle auf Mund und Augen zuliefen – ihre Mutter hätte es ein »Baptistengesicht« genannt.

»Miss Laurel, ich bin es wieder – Mr. Pitts. Ich erinnere mich noch ganz deutlich an ihre liebe Mutter«, sagte er. »Und ich glaube, Sie werden jetzt mit Ihrem Vater ebenso zufrieden sein.« Er streckte die Hand aus und hob den Sargdeckel.

Im Sarg lag Judge McKelva in seinem Winteranzug. Rings um ihn bauschte sich – wie in einem Geschenkkästchen für einen wertvollen Schmuck – glänzender Satin, und zwar von dem gleichen glühenden, lächerlichen Rosarot, das oben bei Fay die Fenster umwallte und sich über das Bett ergoß. Sein großes Gesicht reflektierte dieses Rosa, so daß seine langen, breiten Wangen die Tönung einer Seemuschel oder einer Perle aufwiesen. Die dunklen Flecken unter seinen Augen waren getilgt worden wie Spuren menschlicher Unzulänglichkeit. Lediglich das schwarze Wuchern in den Nüstern und die Falten um die Mundwinkel hatte man ihm von seinem früheren schwermütigen Ausdruck gelassen. Von dem Sargdeckel war nur die obere Hälfte aufgeklappt worden, so daß man ihn auf dem Kissen ruhen sah; unterhalb des Gürtels blieb er jedem Blick verborgen. Trotz allem wäre es nicht möglich gewesen, ihn mit einem anderen Mann zu verwechseln.

»Sie müssen den Sarg schließen«, sagte Laurel ruhig zu Mr. Pitts.

»Sie sind nicht zufrieden?« Er habe noch nie jemanden enttäuscht, drückte seine Miene aus.

»Oh, sieh nur«, sagte Miss Tennyson, die jetzt an Laurels Seite trat. »Oh, *sieh* nur.«

»Ich möchte nicht, daß er offenbleibt. Bitte ...« sagte Laurel zu Mr. Pitts. Sie berührte Miss Tennysons Hand. »Vater hätte es nie erlaubt ... Als Mutter starb, hat er sie davor bewahrt –«

»Bei deiner Mutter war es etwas anderes«, sagte Miss Tennyson in bestimmtem Ton.

»Er hat ihren Wunsch respektiert«, sagte Laurel. »Ihre Bitte, sie nicht den Blicken der Leute preiszugeben –«

»Und ich habe ihm das nie verziehen. Niemand hat sich richtig von Becky verabschieden können«, fiel Miss Tennyson ihr ins Wort. »Aber dein Vater gehört Mount Salus. Er ist ein McKelva. Eine Gestalt des öffentlichen Lebens. Du kannst ihn der Öffentlichkeit nicht vorenthalten, Liebling, verstehst du? Oh, er sieht wunderschön aus.«

»Ich möchte nicht, daß sie ihn alle ansehen«, sagte Laurel.

»Es ist Mrs. McKelvas Wunsch, daß der Sarg offen sein soll«, sagte Mr. Pitts.

»Siehst du? Du kannst es Fay nicht verwehren«, sagte Miss Tennyson. »Damit ist es schon entschieden.« Sie wandte sich den Gästen zu und breitete einladend die Arme aus.

Laurel nahm ihren Platz hinter dem Sarg, dicht am Kopfende, ein und stand da, um alle, die kamen, zu begrüßen.

Zuerst umarmten sie Laurel, und dann sahen sie ihren Vater an. Die Brautjungfern und ihre Ehemänner, all die alten Freunde von einst, mit denen sie die Schule hinter sich gebracht hatte, von der ersten Klasse bis zum Abschluß der High School, hielten immer noch fest zusammen. Und das gleiche galt für die Freunde ihres Vaters: die Richter und Anwälte des Bezirks, die Kirchenältesten, die alten Gefährten vom Jagd- und Angelklub; obwohl jeder sich an seinesgleichen hielt, schoben sie sich alle langsam weiter, als bildeten sie gemeinsam den Reifen eines Rades, das sich langsam um seine Nabe – den Sarg – drehte und sie schließlich wieder zum Ausgangspunkt zurückbringen würde.

»Darf ich mal sehen?« fragte die Frau des presbyterianischen Geistlichen nach rechts und links, während sie sich mit den Ellenbogen nach vorn drängte, als gelte es, nicht einen Toten, sondern ein neugeborenes Kind zu betrachten. Sie starrte Judge McKelvas Leichnam eine Minute lang an. »Und ich wollte doch auch sehen, für wen ich meinen geräucherten Virginiaschinken aufgespart habe«, sagte sie, als sie sich Laurel zuwandte; sie legte den Arm um sie und drückte sie an sich. »Es war *Ihre Mutter*, die mir bei meinem ersten gesagt hat, wie ich ihn zubereiten und kochen sollte, damit er jedermann bekömmlich sei. Nun, er ist schon auf dem Weg in Ihre Küche.« Sie nickte in Richtung des Sarges. »Ich fürchte, mein Mann wird sich etwas verspäten. Sie wissen ja, Menschen wie er sterben nicht alle Tage. Und nun sitzt er zu Hause im Bademantel, rauft sich die Haare und grübelt darüber nach, wie er ihm gerecht werden soll.«

»Wahrhaftig, da kommt ja Dot«, sagte Miss Adele, die sich an der Haustür postiert hatte.

Die ganze Stadt kannte sie bloß als Dot. In ihrem nonchalanten Gang im Stil der zwanziger Jahre kam sie auf ihren Stöckelschuhen hereingestakst.

»Ich konnte nicht widerstehen«, sagte sie in ihrem rauhen Bariton, als sie auf den Sarg zusteuerte.

Sie mußte über siebzig sein. Sie war viele Jahre lang Judge McKelvas Privatsekretärin gewesen. Als er sich zur Ruhe setzte, hatte sie das als persönliche Kränkung empfunden. Natürlich hatte er dafür gesorgt, daß man ihr zu einem anderen Posten verhalf, aber sie hatte ihm nie verziehen.

»Als ich anfing, bei ihm zu arbeiten«, sagte Dot, während sie ihn betrachtete, »habe ich in einem Geschäft in Jackson fünfunddreißig Dollar von meinem Gehalt für ein Mah-Jongg-Spiel ausgegeben. Es war im Preis herabgesetzt – ursprünglich hatte es hundert Dollar gekostet. Ich kann wirklich bis zum heutigen Tage nicht verstehen, was damals in mich gefahren ist. Aber was sagt dieser liebe Mensch? ›Nun, Dot‹, sagt er, ›ich sehe nicht recht, was so schlimm daran sein soll, wenn Sie sich selbst ein Geschenk machen. Ich hoffe, Sie sorgen sich nun nicht länger und haben viel Freude daran. Machen Sie sich keine Vorwürfe. Es tut mir weh, so etwas zu hören‹, sagt er. Ich werde seinen freundschaftlichen Rat nie vergessen.«

»Mah-Jongg!« sagte Miss Tennyson-Bullock seufzend. »Du lieber Himmel, das hatte ich schon ganz vergessen.«

Dot warf ihr einen bitterbösen Blick zu, fast so, als hätte sie gesagt, sie habe Judge McKelva bereits vergessen. »Tennyson«, sagte sie über seinen Leichnam hinweg, »ich werde nie wieder mit Ihnen reden.«

Jemand hatte Feuer im Kamin gemacht, obwohl der Tag milde und die Luft in dem Raum, der sich immer mehr mit sprechenden, atmenden Menschen füllte, schon stickig war.

»Jawohl, ein Feuer ist genau das richtige«, sagte Major Bullock. Er kam zu Laurel herüber und rieb sein stachliges Gesicht, als sei es taub vor Kälte, an ihren Wangen. Sein Atem roch wie gewöhnlich nach Weihnachtsmorgen – es war der Whiskey. »Der anständigste, unparteiischste, gütigste unter allen Richtern von Mississippi«, sagte er. Sein unsteter Blick schien Judge McKelvas Gesicht zu meiden und sich nur bis zu der Hand vorzuwagen, die man, als hielte sie eine Mappe, an seiner mit dem Maßanzug bedeckten Seite placiert hatte. »Wann wird die arme kleine Frau es wohl über sich bringen, herunterzukommen?«

»Sie wird schon kommen«, sagte Miss Tennyson zu ihm. Was immer sie in heiklen Situationen auch sagte, es vereinigte in sich alle Endgültigkeit der Welt, und diese Endgültigkeit war es, was ihre Stimme beben ließ.

3

»Nanu, was wollen *die* denn hier«, sagte die alte Mrs. Pease, die am Fenster stand und durch die Vorhangspalte blickte.

»Polly«, sagte Miss Adele warnend.

Alle wandten sich um, und diejenigen, die saßen, standen auf, als zwei Frauen, die eine so dick wie die andere, und ein Mann an Miss Adele vorbei ins Wohnzimmer gingen.

»Ich hab ja gesagt, hier muß es sein, dies Haus sieht ganz danach aus, als ob man hier eine prächtige Totenfeier abhalten kann«, sagte die ältere dicke Frau. »Wo ist Wanda Fay? Ich sehe sie nicht.«

Während sie das sagte, steuerten beide, die alte und die junge Frau, auf den Sarg zu, und als sie daran vorbeigingen, warfen sie einen Blick hinein. Laurel vernahm, wie sie von der einen Fremden der anderen vorgestellt wurde.

»Mama, das ist Judge Macs und Beckys Tochter«, sagte die jüngere Frau.

»Dann schlägt sie also Becky nach«, sagte die Mutter und ließ sich in Judge McKelvas Rauchsessel nieder, der am dichtesten beim Sarg stand. »Ihm sehen Sie aber gar nicht ähnlich«, sagte sie zu Laurel. »Einen wunderbaren Sarg hat sich meine Kleine geleistet. Macht mich direkt neidisch.« Sie wandte sich dem Mann zu. »Bubba, das ist Judge McKelvas und Beckys Tochter.«

Der Mann hob den Unterarm und winkte Laurel aus nächster Nähe zu. Er trug eine Windjacke. »Hallo.«

»Ich bin Mrs. Chisom aus Madrid, Texas. Ich bin Wanda Fays Mutter«, sagte die dicke Frau zu Laurel. »Und das hier sind zwei von meinen andern Kindern – Sis aus Madrid, Texas, und Bubba aus Madrid, Texas. Wir sind noch ein paar mehr, aber die bleiben lieber draußen.«

»Ich habe nichts von Ihnen gewußt«, sagte Miss Tennyson, als gäbe es sonst nichts dazu zu sagen.

Major Bullock kam näher, um die Fremden zu begrüßen. »Ich bin Major Bullock!«

»Falls es Sie interessiert, wie lange wir gebraucht haben – ich hab's von Madrid her in knapp acht Stunden geschafft«, sagte der Mann in der Windjacke. Er betonte Madrid auf der ersten Silbe, wie den Namen Mildred. »Bei Vicksburg sind wir über den Fluß. Und wir müssen auch gleich wieder umkehren und zurückfahren. Die Kinder wollten alle Mann mit rein, aber ihre Mama hat gesagt, man weiß nie, was für Bazillen die sich in einem fremden Haus holen. Und sie hat recht. Also hab ich sie mit ihr im Trailer gelassen und nur eins von ihnen mitgebracht. Wo ist Wendell denn?«

»Der wird sich wohl das Haus ansehen«, sagte die jüngere Frau. Sie war schwanger und wohl nur darum dick.

»Sis hat ihre ganze Brut mitgebracht. Sis«, sagte der Mann, »das ist die Tochter von seiner ersten Frau.«

»Ich hab gewußt, wer sie ist, du brauchst uns nicht vorzustellen. – Es kommt mir so vor, als ob wir uns schon kennen«, sagte die Schwester zu Laurel.

Und seltsam, auch Laurel kam es so vor. Fay hatte gesagt, von ihrer Familie lebte niemand mehr, und doch war es Laurel, als hätte sie alle schon einmal gesehen.

»Ich hab zu meiner Horde gesagt, sie sollten draußen auf dem Vorplatz spielen und warten, bis wir alle rauskommen«, sagte Sis. »Damit waren sie anscheinend einverstanden.«

Die alte Mrs. Pease stand schon am Fenstervorhang. Sie klopfte mit der Schuhspitze auf den Boden, während sie durch den Spalt hinausspähte.

Major Bullock machte ein höchst befriedigtes Gesicht. »Ich hab sie ohne Schwierigkeiten zusammengetrommelt«, sagte er. »Sie sind mit Vergnügen hergekommen.« Er warf einen erwartungsvollen Blick in die Halle.

»Du hast nur leider vergessen, uns schonend darauf vorzubereiten«, sagte Miss Tennyson.

Laurel fühlte, wie ein Finger sich um ihren Ringfinger schlang und an ihrem Trauring kratzte. »Hatten Sie mit *Ihrem* Mann auch Pech?« fragte Mrs. Chisom.

»Ein Jahr nach ihrer Hochzeit«, sagte die alte Mrs. Pease. »Tot. Im Krieg. Er war bei der Marine. Die Leiche wurde nie gefunden.«

»Sie sind *betrogen*«, erklärte Mrs. Chisom feierlich.

Laurel versuchte ihren Finger zu befreien. Mrs. Chisom ließ ihn los und knuffte sie statt dessen in die Seite, wie um sie zu beschämen. »So haben Sie also weder Vater noch Mutter, keinen Bruder, keine Schwester, keinen Mann, kein Nesthäkchen, kein Kind. Keine Seele, an die Sie sich wenden können – so steht's mit Ihnen.«

»Was soll das heißen! Sie hat hier ihre ältesten Freunde um sich!« Der Bürgermeister von Mount Salus stand plötzlich neben Laurel und klopfte ihr auf die Schulter. »Und hören Sie weiter: die Banken sind geschlossen, die meisten Geschäfte rund um den Square wollen zur Stunde der

Trauerfeier schließen, die Bezirksämter haben geschlossen. Die Fahne vorm Rathaus ist auf Halbmast gesetzt, und in der Schule gibt es früher frei. Das sollte jedem genügen, der daherkommt und fragt, wen sie denn noch hat auf der Welt!«

»Freunde – heute dort und morgen fort«, sagte Mrs. Chisom zu Laurel und dem Bürgermeister. »Mit den eigenen Leuten ist das anders. Ich hoffe, der Herr verlangt nicht von mir, daß ich die Meinen überlebe. Ich wäre von Herzen dankbar, wenn Er bei der nächsten Runde *mich* zu sich nähme. Ist das nicht eine gute Idee, Kinder?«

Während sie noch auf eine Antwort wartete, kam ein kleiner Junge ins Zimmer getrabt. Er sah weder sie noch sonst jemanden an. Er trug einen Cowboyanzug, einen Cowboyhut auf dem Kopf und am Gürtel zwei Pistolen. Als er sah, worauf er zulief, blieb er stehen.

»Wendell, nimm den Hut ab, wenn du noch näher herangehst«, sagte Sis.

Der Junge nahm den Hut ab, ging weiter auf den Sarg zu und stellte sich neben Laurel auf die Zehenspitzen. Sein Mund öffnete sich. Er war etwa sieben Jahre alt, blond und zart. Das grimmige Gesicht, in das er blickte, und sein eigenes, so nahe beieinander, waren gleichermaßen schutzlos.

»Warum wollte er sich so fein machen?« fragte das Kind.

»Wer hat versprochen, keine Fragen zu stellen, wenn er mit ins Haus darf?« fragte Sis.

»Ja, ich und meine Brut, wir sind dafür, zusammenzuhocken, so dicht, wie's nur geht«, sagte Mrs. Chisom. »Als Bubba heiratete, hat er seinen Trailer direkt bei mir in den Garten gezogen, und Irma kann ihre Wäscheleine so weit ausspannen, wie sie will. Sie hier ist auch verheiratet und hat nie daran gedacht, von uns wegzuziehen. Duffy ist einfach bei uns untergekrochen.«

»Wie heißt er?« fragte Wendell.

»Wendell, lauf die Treppe rauf und sieh zu, ob du deine Tante Wanda Fay findest. Sag ihr, sie soll runterkommen und sehen, wer hier auf sie wartet«, sagte Bubba.

»Ich will nicht«, sagte Wendell.

»Wovor hast du Angst? Da oben beißt dich schon niemand. Los, lauf und such sie«, sagte sein Vater.

»Ich will nicht.«

»Sie soll sich lieber beeilen, wenn sie uns noch sehen will«, sagte Bubba. »Wir müssen uns gleich wieder auf den Weg machen und nach Madrid zurück.«

»Moment mal!« sagte Major Bullock. »Sie sind einer von den Sargträgern!« bestimmte er.

»Was hat er zu dir gesagt, Dad?« rief Wendell.

»Es schien mir nur recht und billig«, sagte Major Bullock zu den übrigen Anwesenden.

»Sag ihr, sie soll jetzt schleunigst kommen«, sagte Bubba zu Wendell. »Lauf!«

»Ich will hier bleiben«, sagte Wendell.

»Es tut mir leid. Aber es ist seine erste Beerdigung«, sagte Sis zu Laurel.

»Komm, sieh dir Judge Mac an«, sagte Mrs. Chisom beschwichtigend zu Bubba.

»Den hab ich mir gerade angesehen«, sagte Bubba. »Ich kann mir nicht helfen, ich finde, daß er ziemlich jung aussieht für einen Mann, der seine einundsiebzig Jahre auf dem Buckel hat.«

»Das stimmt. Kein bißchen verbraucht. Ich bin stolz für dich, Wanda Fay«, sagte Mrs. Chisom, den Blick zur Zimmerdecke gewandt. »Dein Pa war verbraucht, und das konnten sie, als sie ihn zurechtgemacht haben, nicht verbergen.« Sie wandte sich Laurel zu. »Aber ich glaube, er hat länger von nichts als Leitungswasser gelebt als irgendwer vor ihm. Leitungswasser – was anderes kriegte Mr. Chisom nicht runter. Ich hab immer auf Klagen gewartet, hab aber nie eine von ihm zu hören bekommen. Er hatte Krebs, aber er hat nie darüber gejammert, nicht vor mir. Weil wir nämlich beide vom guten alten Schlag der Leute aus Mississippi sind!«

Eine dicke, apfelbäckige Frau mit einer flauschigen runden Wollmütze lächelte Laurel von der anderen Seite her zu. »Ich erinnere mich, oh, ich erinnere mich noch, wie viele Male ich am Weihnachtsabend hier in diesem lieben alten und so gastlichen Haus unter den Geladenen war.«

Die neue Besucherin war nicht mehr recht bei Verstand, doch wurde auch sie nicht daran gehindert, an Judge McKelvas offenen Sarg zu treten. Als sie sich mit schleppenden Schritten näherte, erkannte Laurel sie an ihren abgelaufenen Absätzen als die Nähfrau. Sie kam in die Häuser ihrer Kunden und verbrachte den ganzen Tag oben an der Nähmaschine, hörte zu und redete, erzählte weiter, was sie gehört hatte, und brachte alles durcheinander. Miss Verna Longmeier.

»Und dann wurde die große Tür zwischen diesen beiden Zimmern aufgeschoben, und die Musik erklang! Und dann –« Miss Verna streckte den Arm aus, als wollte sie jemandem Maß nehmen-, »dann eröffneten Clinton und ich den Tanz«, sagte sie.

Niemand in Mount Salus machte je den Versuch, Miss Verna Longmeier zu widersprechen. Selbst wenn man sie auf eine krumme Naht hinwies, war sie imstande, zu erwidern: »Wer unter euch ohne Sünde ist, der werfe den ersten Stein.«

»Oh, ich habe mir an diesem edlen Römer ein Beispiel genommen«, erklärte jetzt der Bürgermeister. Er streckte den Arm aus und hielt die Hand über den Sarg. »Und wenn mir je ein höheres Amt zuteil wird –« Er ging mit großen Schritten davon, um sich zu seinen Kollegen, den Juristen, zu gesellen. Laurel sah, daß sie, auf einer Reihe von Eßzimmerstühlen, alle mehr oder weniger beisammensaßen – wie Geschworene.

Miss Thelma Frierson kam mit knarrenden Schritten über das Parkett und trat an den Sarg. Viele Jahre lang hatte sie hinter ihrem Schalter im Gerichtsgebäude die Jagd- und Angelscheine ausgestellt. Ihre Schultern sanken herab, als sie sagte: »Er hatte einen wunderbaren Sinn für Humor. In seinem tiefsten Innern.«

»In seinem tiefsten Innern wußte Vater, daß alles *nicht* sehr komisch ist«, sagte Laurel höflich.

»Zu dumm, daß er sich entschloß, ins Krankenhaus zu gehen«, sagte die alte Mrs. Chisom. »Wenn er wußte, was alles nicht komisch ist.«

»Ich sage Ihnen, was die sich in den Krankenhäusern leisten, das kann man kaum wiedererzählen«, sagte Sis. »Irma sagt, auf der Entbindungsstation in Amarillo würden einem die Haare zu Berge stehen.«

»Die Ärzte verstehen nichts von ihrem Beruf. Sie können nur Rechnungen schreiben«, sagte Bubba.

»Und wissen Sie, wem ich auch nicht eine einzige verdammte Sekunde lang trauen würde? Den Krankenschwestern!« rief Mrs. Chisom.

Laurel blickte über ihre Köpfe hinweg in die Richtung, wo die chinesischen Holzschnitte, die eine frühere Generation McKelvascher Missionare mit heimgebracht hatte, in unveränderter Anordnung rund um die Kaminuhr hingen. Und sie sah, daß die Uhr stehengeblieben war; vermutlich, dachte sie, war sie nicht mehr aufgezogen worden, seit ihr Vater es pflichtbewußt das letzte Mal getan hatte, und die Zeiger wiesen eine weit zurückliegende dritte Stunde – sie standen still, so wie in den chinesischen Holzschnitten die Zeit still stand. Sie wäre gern zu der Uhr hingegangen. Sie hätte den Schlüssel von dem kleinen Nagel genommen, den ihr Vater ein wenig schief in die tapezierte Wand geschlagen hatte, hätte die Uhr aufgezogen, sie gestellt und in Gang gesetzt. Aber sie vermochte sich auch diesen kurzen Augenblick nicht von seiner Seite zu entfernen. Es kam ihr so vor, als habe man ihrem Vater im Tode abverlangt, die Last des hochgehobenen Sargdeckels selbst zu tragen, und als hielte er ihn hoch, indem er dort lag, still und regungslos, wie er auf dem Krankenhausbett gelegen und die Minuten und Stunden gezählt hatte – damit sein Leben verstrich. Sie stand an dem Sarg, wie sie an seinem Bett gesessen hatte: mit ihm ausharrend. Und da sie auf das Ticken der Uhr verzichten mußte, horchte sie auf das Knistern und Fauchen des Kaminfeuers.

Dr. Woodson erzählte gerade: »Clint und ich zogen als kleine Hosenmätze oft zusammen los, jeder mit seinem Hund, und blieben den ganzen Tag oben im Wald – Sie wissen schon, auf dem ›Dach der Welt‹, wie die Ecke früher genannt wurde. Bei der Kiesgrube, die man dort unter der Lehmschicht ausgehoben hat. Ich bin sein Arzt gewesen, lange Jahre, weiß Gott, schließlich sind wir fast gleichaltrig, aber erst jetzt, nach so langer Zeit, hat mich irgend etwas wieder an die Sache mit seinem Fuß denken lassen. Clint schaukelte an einer Liane, er schwang zu weit und zu hoch, und da segelte er plötzlich abwärts und landete mit seinem nackten Fuß auf einem scharfen Stück Blech. Es sah aus, als würde er verbluten, und das eine Meile von zu Hause entfernt! Ich muß Clint dann irgendwie auf dem

Rücken in die Stadt geschleppt haben, mit einer Kraft, von der ich nicht wußte, daß ich sie besaß. Sie wissen ja, Clint hat immer den Eindruck erweckt, als könnte nichts und niemand ihn umbringen, aber ich glaube, in Wirklichkeit ist er sicher sogar eher zart gewesen.«

Fröhliches Gelächter brandete im Zimmer auf und verebbte im gleichen Augenblick.

»Ist es das jetzt, Tante Sis?« fragte Wendell Chisom. »Ist das schon die Trauerfeier?«

»Ich sag dir, wenn es soweit ist«, sagte Sis.

»Als ich ihn endlich hier unten hatte, fiel er in Ohnmacht. Aber inzwischen waren die ersten Häuser in Sicht. Es war da, wo jetzt die automatische Wagen-Waschanlage ist. Ich glaube fast, es geht auf mein Konto, daß Clint damals das Leben gerettet wurde.«

»Vater *war* zart«, sagte Laurel.

»Wenn man bedenkt, was *mir* alles fehlt, hätte man erwarten sollen, daß er mich überlebt«, fügte der Arzt hinzu.

»Es steht weder mir noch Ihnen zu, nach dem Grund zu fragen«, sagte Mrs. Chisom. »Das ist genau wie mit der Wahl zwischen Großpapa und Roscoe, meinem ältesten. Niemand in ganz Texas konnte verstehen, was der Herr im Sinn hatte, als Er dann ausgerechnet Roscoe zu sich nahm.«

»Was war mit Roscoe, Großmama?« fragte Wendell. Er wandte sich vom Sarg ab, lehnte sich auf ihren Schoß und sah ihr ins Gesicht.

»Kind, ich hab's doch schon so oft erzählt. Er hat die Fenster abgedichtet, die Tür abgedichtet und alle vier Brenner auf dem Herd angedreht, und den Backofen auch«, erzählte Mrs. Chisom nachgiebig. »Die Feuerwehr hat ihn rausgeholt. Man hat ihn in Windeseile zum Baptistenkrankenhaus gefahren, und dort haben sie alle ihre

Tricks versucht, aber Roscoe war schneller als sie. Er war schon im Himmel.«

»Er war schneller als die Feuerwehr? Warst du dabei, Großmama?« rief Wendell. »Hast du gesehen, wie er ihnen davongelaufen ist?«

»Ich bin seine Mutter. Nun ja, seine Mutter konnte dasitzen und mußte noch dankbar dafür sein, daß er nichts Schlimmeres getan hat, nichts, was sein Gesicht entstellt hätte. Nichts war ihm verhaßter, als daß man häßliche Bemerkungen über ihn machte. In seinem Sarg war er hübsch wie ein Mädchen. Schätzchen, er hat sich einfach bequem hingelegt und sich ein Kissen unter den Kopf geschoben und darauf gewartet, daß er aufhörte zu atmen. Daß du mir so etwas ja nie versuchst, Wendell«, sagte Mrs. Chisom, »hörst du?«

Wendell drehte sich um und blickte zu Judge McKelva hinüber.

»Roscoe hat seinen alten Freunden in Orange, Texas, gesagt, was er vorhatte. Als alles vorbei war, haben sie mir geschrieben, er hätte sie angerufen und geweint, und sie sind zu ihm hin und haben mit ihm geweint. ›Mit ihm geweint?‹ schrieb ich diesen Leuten zurück. ›Hättet ihr nicht seiner Mutter was sagen können?‹ Diese Menschen – ich werde damit nicht fertig. Ich hab auf meiner Karte geschrieben: ›Ich hatte das Fahrgeld für den Bus. So arm bin ich nicht. Ich hatte das Geld für die Fahrkarte von Madrid nach Orange und zurück.‹« Sie klopfte mit beiden Schuhspitzen auf den Boden.

»Er ist jetzt besser dran, Mama«, sagte Sis. »Besser dran, genau wie Judge McKelva da drüben. Du mußt es dir immer wieder sagen, so wie ich das tue.«

»Ich hab eine zweite Karte geschrieben und sie gebeten, sie sollten seiner Mutter wenigstens sagen, was meinen Sohn so gequält hat, wenn sie schon so viel wüßten, und schließlich haben sie mir dann geantwortet, Roscoe hätte nicht gewollt, daß ich es erfahre«, sagte Mrs. Chisom. Ihre Züge drückten plötzlich ehrliche Unschuld und Einfalt aus. Doch nur eine Minute lang. Sie fuhr fort. »Roscoe war meine Hauptstütze, als Mr. Chisom von uns ging. Sie sagten zu mir: ›Seien Sie auf das Schlimmste gefaßt, Mrs. Chisom. Mit Ihrem Mann geht es bergab.‹ Und diesmal hatten sie richtig geraten, die Ärzte. Es ging schnell bergab mit ihm, und dann haben wir ihn begraben. Das war in Mississippi, in Bigbee, und dort hab ich auf der Stelle Roscoe zu mir gerufen.« Sie zog Wendell an sich. »›Roscoe!‹, hab ich gesagt, ‹du bist jetzt meine Hauptstütze‹, hab ich gesagt. ›Du bist jetzt das Haupt der Familie Chisom.‹ Und er war so glücklich.«

Wendell fing an zu weinen. In diesem Augenblick hätte Laurel gern die Hände ausgestreckt und ihn in die Arme genommen – um ihn zu beschützen. Er war gleichsam eine junge, noch nicht gehetzte und getriebene, noch nicht falschspielende, noch nicht rachsüchtige Fay. So mochte Fay ganz am Anfang ihrem alternden Vater mit seiner nachlassenden Sehkraft erschienen sein.

In diesem Augenblick riß Wendell sich von Mrs. Chisom los und rannte auf die Halle zu. Er warf seine Arme um die Knie eines alten Mannes, den Miss Adele gerade von der Halle hereinführte.

»Großpapa Chisom! Ich traue meinen Augen nicht! Da ist Großpapa!« rief Sis.

Der alte Mann betrat mit Wendell an seiner Seite das Wohnzimmer und schob sich langsam zwischen den Anwesenden hindurch, in der einen Hand eine vergilbte Konfektschachtel, in der anderen eine große Papiertüte. Wendell hatte von seinem alten schwarzen Hut Besitz ergriffen. Der alte Mann kam auf Laurel zu und sagte: »Junge Frau, ich hab Ihnen ein paar Pekannüsse aus Bigbee mitgebracht. Ich hab mir gedacht, daß man solche wie die in der Gegend hier vielleicht nicht erntet. Sie sind vom letzten Jahr.« Er hielt seine beiden Päckchen hoch, während er erklärte, daß er den größten Teil der letzten Nacht aufgesessen habe, nachdem er um drei Uhr morgens an die Kreuzung gegangen sei, um den Bus anzuhalten, und unterwegs habe er die Nüsse geknackt, um wach zu bleiben. »Wo ich mich dann nicht mehr auskannte, das war hier, nachdem ich in Mount Salus angekommen war«, sagte er und gab Laurel die Schachtel. »Das sind die Kerne. Die Schalen können Sie ja für mich wegwerfen«, fügte er hinzu und reichte ihr auch die Tüte. »Ich wollte sie nicht einfach auf dem schönen warmen Sitz für den nächsten Reisenden liegen lassen.« Er wischte sich sorgfältig den Staub von den Händen, ehe er sich dem Sarg zuwandte.

»Was glaubst du wohl, wer das ist, Großpapa?« fragte Wendell.

»Das ist Mr. McKelva. Schätze, daß er es lange genug getragen hat, was immer es war«, sagte Mr. Chisom. »Es tut mir leid, daß er sterben mußte, als er so viele Meilen von zu Hause fort war.«

»Nur aus Neugier, an wen erinnert er dich?« fragte Mrs. Chisom, als er mit starrem Blick in den Sarg sah.

Der alte Mann dachte ein paar Sekunden lang nach. »An niemand«, sagte er.

»Clint meinte, die Idee sei zu gut, es wäre ein Jammer, nicht irgendwem diesen Streich zu spielen!« hörte Laurel hinter sich jemanden als Abschluß eines langen Wortschwalls sagen.

Sie sah, daß die meisten der Richter und Anwälte sich zusammengetan und hinter die Farnwand begeben hatten, ohne daß es weiter aufgefallen wäre. Sie hatten sich in die Bibliothek ihres Vaters zurückgezogen und plauderten dort unter sich. Hin und wieder hörte sie Gelächter. Sie roch den Zigarrenrauch. Nur Major Bullock hatte sich ihnen nicht angeschlossen.

»Was macht mein Feuer?« fragte Major Bullock mit lauter Stimme. »Jemand muß sich um das Feuer kümmern!« rief er in Richtung der Küche. »Bei so wichtigen Gelegenheiten braucht man einfach ein Kaminfeuer, nicht wahr?« Er selbst behielt die Tür im Auge und paßte angestrengt auf, daß niemand, der von der Halle hereinkam, seinem Blick entging.

Die alte Mrs. Pease, die es sich am Fenster bequem gemacht hatte, blickte ihrerseits durch den Spalt zwischen den Vorhängen und behielt die Auffahrt im Auge. »Nanu, da kommt ja Tommy«, sagte sie jetzt. Vielleicht hatte sie den Gedanken erwogen, ihn davonzujagen, so wie sie erwogen haben mochte, diese Kinder aus Texas fortzuscheuchen, falls sie beim Spielen dem Haus zu nahe kamen.

Der Besucher betrat den Raum, ohne daß Miss Adele ihn hereingeleitete. Er ging, als seien seine Fußballen gefedert, und schwenkte herrisch einen Stock nach beiden Seiten. Es war Tom Farris, der Blinde von Mount Salus. Er trat nicht an den Sarg, sondern steuerte auf das Klavier zu und klopfte mit seinem Stock auf den leeren Hocker.

»Er ist so zufrieden und glücklich« sagte Miss Tennyson beifällig.

Er setzte sich – ein großer, sehr reinlich aussehender Mann mit großen runden, weit geöffneten Augen, die etwas Statuenhaftes hatten. Sein Hosenschlitz war schief zugeknöpft. Er war bisher nur im Hause gewesen, um das Klavier zu stimmen, dachte Laurel, und das war Ewigkeiten her. Jetzt setzte er sich auf denselben Stuhl wie damals.

»Und unter dem Mantel der Bescheidenheit war er ein furchtloser Mann! Ein furchtloser Mann!« platzte Major Bullock, der am Fußende des Sarges stand, plötzlich heraus. »Wissen Sie noch, erinnern Sie sich noch alle daran, wie Clint McKelva mutig aufstand und den Weißkappen die Stirn bot?« Er wiegte sich auf beiden Füßen vor und zurück, so daß der Fußboden qualvoll knarrte, und seine fast brüllende Stimme erfüllte den Raum, ja, vielleicht das ganze Haus. »Damals, als Clint diesen Burschen wegen vorsätzlichen Mordes verurteilte und die Weißkappen ihn wissen ließen, daß sie in die Stadt kommen würden aus ihren Löchern und Verstecken und Schlupfwinkeln, um den Mann aus dem Gefängnis zu befreien! Und Clint gab ihnen seinerseits ebenso prompt Bescheid: er werde das Gefängnis, das ganze Rathaus, mit Freiwilligen aus Mount Salus umstellen, und wir würden bewaffnet sein und zu allem bereit. Und die Weißkappen kamen tatsächlich – sie kamen etwas früher, als sie angekündigt hatten, kurz bevor wir anderen zur Stelle waren. Aber Clint, Clint ganz allein, kam heraus auf die Treppe vorm Rathaus und stand da und sagte: ›Kommt nur herein! Die Gefängniszellen sind oben, im ersten Stock!‹«

»Ich glaube nicht, daß das Vater war«, sagte Laurel leise zu Tish, die an ihre Seite getreten war.

Major Bullock fuhr unaufhaltsam fort. »›Kommt herein!‹ sagt er. ›Aber bevor ihr eintretet, schlagt ihr eure verdammten weißen Kapuzen zurück, und jeder einzelne von euch läßt mich in sein Gesicht sehen, damit ich weiß, wer ihr seid!‹«

»So etwas nannte er Theater, und dafür hatte er nichts übrig«, sagte Laurel. »Weder im Gerichtssaal noch anderswo. Er hatte gar nicht die Geduld, eine Schau zu veranstalten.«

»Er sagt: ›Zurück in eure Löcher, ihr Ratten!‹ Und sie waren bewaffnet!« brüllte Major Bullock und hob einen imaginären Revolver.

»Er versucht, aus Vater etwas zu machen, was er selbst gern gewesen wäre«, sagte Laurel.

»Der Arme«, murmelte Tish neben ihr mit trauriger Stimme. »Verdirb es Daddy nicht.«

»Ich find es nur jetzt nicht fair von ihm«, sagte Laurel.

»Und das hat sie ins Bockshorn gejagt, die ganze Bande, und sie haben sich aus der Stadt in die Wälder verdrückt, aus denen sie gekommen waren. Für eine Weile war ihnen das Handwerk gelegt!« rief Major Bullock triumphierend. »Oh, unter dem Mantel der Bescheidenheit –«

»Vater war *wirklich* bescheiden«, sagte Laurel zu ihm.

»Süße, was willst du damit sagen? Du warst ja nicht hier, Herzchen. Du hast ja oben in Chicago gesessen und Bilder gemalt«, sagte Major Bullock. »*Ich* hab ihn gesehen! Er trat ihnen entgegen und forderte diese Schurken heraus, ihn zu erschießen! Bot ihnen die nackte Brust!«

»Er hätte an meine Mutter gedacht«, sagte Laurel. Und zugleich kam ihr der Gedanke: Meine Mutter wäre dazu imstande gewesen! Sie ist der einzige Mensch, den ich kenne, der das Zeug dazu hatte.

»Es ist mir nach wie vor ein Rätsel, wieso er am Leben geblieben ist«, sagte Major Bullock steif.

Das Rätsel, wie *wenig* wir von anderen Menschen wissen, ist nicht größer als das Rätsel, wie*viel* wir von ihnen wissen, dachte Laurel.

»Wer ist eigentlich der Mann, Dad?« fragte Wendell und zupfte seinen Vater am Ärmel.

»Halt den Mund. Sonst mußt du nach Hause und darfst nicht mehr sehn, wie's weitergeht.«

»Es ist mein Vater«, sagte Laurel.

Der kleine Junge sah zu ihr hoch, und sein Mund öffnete sich. Sie hatte das Gefühl, er glaubte ihr nicht.

Die Männergesellschaft hinter den Farnen war immer noch am Plaudern. »Clint fahndet nach einem Zeugen, der übliche Ärger, und das Negermädchen sagt: ›Er und ich, nur wir beide haben es gesehen. Er ist Zeuge, und ich bin ein angeschossener Zeuge.‹«

Sie lachten.

»›Da haben wir also zwei Sorten. Na gut‹, sagte Clint. ›Und ich weiß auch, wen ich nehme. Sie ist der angeschossene Zeuge: ich nehme sie.‹ Er sah stets auch die komische Seite.«

»Hinterher hat er sie dann zu uns genommen. Unter seinem Dach war sie sicher«, sagte Laurel leise zu Miss Adele, die inzwischen von ihrem Posten an der Haustür hereingekommen war; vor der Beerdigung waren jetzt keine weiteren Trauergäste mehr zu erwarten. »Was daran komisch ist, weiß ich allerdings nicht.«

»Es war Missouri, nicht wahr?« sagte Miss Adele.

»Sie kann uns hören«, sagte Laurel. Missouri wurde gerade in diesem Augenblick von einem Funkenregen beleuchtet: sie kniete vor dem Feuer und stieß mit dem Schürhaken auf den dicken Holzklotz ein.

»Ich flehe nur immer, daß die Menschen sich in den Reden der anderen nicht wiedererkennen«, murmelte Miss Adele. »Und ich glaube auch nicht, daß es sehr oft geschieht.«

Der Holzklotz wechselte, wie ein Schlafender im Bett, seine Lage, und der ganze Raum wurde in flackerndes Licht getaucht. Plötzlich sah man mitten unter den Trauergästen, als würde er von einem Scheinwerfer angestrahlt, Mr. Pitts, wie er gerade einen Blick auf seine Armbanduhr warf.

»Was hier geschieht, ist völlig unwirklich«, sagte Laurel dumpf.

»Das Ende eines Menschenlebens ist freilich etwas sehr Reales«, sagte Miss Adele.

»Aber was die Leute reden...«

»Sie versuchen, für einen anderen Menschen zu sagen, daß sein Leben vorüber ist. Weißt du einen besseren Weg?«

Laurel kam es so vor, als hätte ihr Vater nun, da er hilflos in seinem eigenen Haus den Menschen ausgeliefert war, die er gekannt und die ihn gekannt hatten seit Anbeginn, den Gefahrenpunkt seines Lebens erreicht.

»Haben Sie gehört, was sie gesagt haben?« fragte sie.

»Sie sind bloß ungeschickt. Und oft deshalb, weil sie an sich denken.«

»Sie haben ihn als Spaßvogel hingestellt. Und als Kreuzritter. Und als einen Engel auf Erden«, sagte Laurel.

Miss Adele blickte ins Feuer und lächelte. »Aber es ist auch nicht leicht für sie. Und sie fühlen sich ein wenig angestachelt – das mußt du doch verstehen, Laurel – durch die Rivalität hier im Raum«, sagte sie. »Schließlich haben sie, als die Chisoms uns hier überfielen, wohl gedacht, sie selbst hätten auch ihre Rechte zu vertreten.«

»Rivalität? Am Sarg meines Vaters?«

»Ja, aber so sind die Menschen nun einmal, Laurel.«

»Es ist noch immer sein Haus. Und sie sind schließlich noch immer seine Gäste. Sie geben ein falsches Bild von ihm – eine Verfälschung hätte Mutter es genannt.« Laurel fühlte sich gedrängt, gleichsam als Zeugin für ihren Vater auszusagen, so als würde er hier nicht in seinem Sarg betrachtet, sondern als stünde er vor Gericht. »Er hätte es sich nie gefallen lassen, daß Lügen über ihn verbreitet werden. Zu keiner Zeit. Nie.«

»Doch, Laurel«, sagte Miss Adele. »Dann nämlich, wenn die Wahrheit die falsche Person hätte verletzen können.«

»Ich bin seine Tochter. Ich will, daß das, was die Menschen jetzt über ihn sagen, wahr ist.«

Laurel wandte sich langsam von den im Wohnzimmer Versammelten ab und stand nun auch ein wenig abseits von Miss Adele. Sie ließ ihren Blick über den Sarg hinweg in das andere Zimmer schweifen, in die »Bibliothek« ihres Vaters. Die grüne Pflanzenwand verdeckte seinen Schreibtisch. Sie sah nur die beiden überladenen Bücherregale dahinter, die zwei an die Wand gehängten alten, geflickten Samtmänteln glichen. Quer über das eine erstreckten sich, ein ganzes Bord füllend, die Werke von Edward Gibbon – wie eine durchhängende Schärpe. Nun hatte sie ihrem Vater doch noch vorgelesen, was er sich gewünscht hätte. Das falsche Buch! Das falsche Buch! Jetzt sah sie ihren Fehler greifbar vor sich, und auch den langen Schatten, der in die Vergangenheit wies und sich mit den Schatten der anderen Fehler und Versäumnisse verband.

»Man soll ihn so in Erinnerung behalten, wie er war. Das ist das mindeste, was jeder für ihn tun kann«, sagte sie.

»Ich glaube nur, es ist auch das äußerste«, sagte Miss Adele. Und dann, wie eine Warnung: *»Polly –«*

In diesem Augenblick kam Fay von der Halle her ins Wohnzimmer gestürzt. Sie glitzerte in schwarzem Satin. Den Blick starr geradeaus gerichtet, lief sie, sich einen Weg durch die Menge bahnend, auf den Sarg zu.

Miss Adele zog Laurel von hinten mit einer schnellen leisen Bewegung beiseite, Fay aus dem Weg.

»Nein. Nicht – haltet sie zurück«, sagte Laurel.

Fay blieb jäh stehen und beugte sich über das Kissen. »Oh, wie sieht er schön aus ohne diese häßlichen Sandsäcke und ohne diesen häßlichen alten Verband auf dem Auge!« sagte sie ungestüm.

»Sie verliert keine Zeit, jetzt fängt sie jeden Moment an zu toben«, sagte Mrs. Chisom. »Sie ist nicht mal stehengeblieben, um mich zu begrüßen.«

Fay schrie auf und blickte um sich.

Sie erhob sich in ihrer ganzen Fülle und sagte: »Hier bin ich, Wanda Fay. Weine an meiner Brust.«

Laurel schloß die Augen: plötzlich wußte sie, warum die Chisoms ihr so bekannt vorgekommen waren. Sie hätten Gestalten aus jener Nacht in der Klinik sein können – Gestalten aus allen Zeiten des Unglücks, den vorangegangenen wie den zukünftigen: die große, weitverzweigte Familie derer, die nie die Bedeutung dessen, was ihnen geschah, erkannten.

»Laß mich! – Wer hat *ihnen* gesagt, daß sie kommen sollen?« rief Fay.

»Ich!« sagte Major Bullock mit strahlendem Gesicht. »Und ich hab sie ohne die kleinste Mühe ausfindig gemacht! Clint hat mir ihre Namen alle aufgeschrieben im Büro, an dem Tag, bevor er nach New Orleans fuhr.«

Doch Fay kehrte ihm den Rücken zu. Sie beugte sich über den Sarg. »Oh, Schatz, steh auf, steh auf und komm da raus«, sagte sie.

»Haltet sie zurück«, sagte Laurel in den Raum hinein. »Da haben wir's«, sagte Miss Tennyson. »Hörst du mich nicht, Schatz?« rief Fay. »Sie dreht durch«, sagte Mrs. Chisom. »Genau wie ich damals. Arme kleine Wanda Fay.«

»Oh, Judge, wie konntest du so gemein zu mir sein?« rief Fay. Unterdessen kam Mr. Pitts hinter dem Grün zum Vorschein und legte seine Hand auf den Sargdeckel. »Oh, Judge, wie konntest du von mir gehen und mich so im Stich lassen? Warum mußtest du so gemein zu mir sein?«

»Und jetzt werden Sie ganz tapfer sein, wie ein kleiner Soldat«, sagte Major Bullock, während er an Fays Seite Stellung bezog.

»Wanda Fay *brauchte* ihren Mann. Deshalb hätte er am Leben bleiben sollen. Er war eine Sorgenlast, er nahm ihre ganze Zeit in Anspruch, aber du würdest das alles noch einmal auf dich nehmen, nicht wahr, mein Schätzchen?« sagte Mrs. Chisom und rappelte sich mühsam von ihrem Sessel auf. Sie breitete die Arme aus und ging mit schweren Schritten auf ihre Tochter zu. »Wenn du jetzt, in dieser Minute, deinen Mann wiederhaben könntest.«

»Nein«, flüsterte Laurel.

Fay schrie in den Sarg hinein: »Judge! Du hast mich hintergangen!«

»So, und jetzt sagen Sie ihm auf Wiedersehen, Kindchen«, sagte Major Bullock. Dabei versuchte er, leicht schwankend, den einen Arm um ihre Schulter zu legen. »Am besten, Sie drücken ihm einfach einen Kuß –«

Fay holte mit beiden Händen aus. Sie schlug nach Major Bullock und Mr. Pitts und Sis und wandte sich auch einen Augenblick gegen ihre Mutter. Sie zeigte Laurel ihre Krallen, riß sich aus den tröstenden Armen des Geistlichen und warf sich quer über den Sarg. Ziellos stieß sie den Mund in das Gesicht unter dem ihren. Kreischend wurde sie von Miss Tennyson Bullock in die Bibliothek gezerrt, hinter die grüne Farnwand. Judge McKelvas Rauchsessel lag umgestürzt am Boden.

Laurel blickte starr auf das unveränderte Gesicht des Toten, während Mrs. Chisoms Stimme, das lärmende Durcheinander in der Bibliothek übertönend, zu ihr herüberdrang.

»Wie die Mutter, so die Tochter. Allerdings war ich, als ich von ihrem Dad lassen mußte, nicht halb so leicht zu bändigen. Ich hab das ganze Haus in Trümmer geschlagen.«

»Wo ist der Doktor? Hat er sich versteckt?« fragte die alte Mrs. Pease.

»Sie wird es überstehen«, sagte Dr. Woodson. Bis auf den alten Tom Farris, der wartend auf dem Klavierhocker saß, und Major Bullock, der Fay in die Bibliothek gefolgt war, hatten sich alle Männer in die Halle zurückgezogen und standen dort dicht gedrängt in einem Grüppchen beisammen.

»Geben Sie mir ihre kleinen Händchen«, ertönte Major Bullocks Stimme aus der Bibliothek.

»Sie beißt«, ließ sich Fays Schwester vernehmen.

»Kein Wunder. Es ist schwer, sich von einem Menschen trennen zu müssen, der die Güte in Person war«, sagte Maior Bullock.

Laurel hörte seiner tonlosen Stimme an, daß er betrunken war.

»Warum war er denn so böse?« schrie Fay. »Warum hat er mir so böse mitgespielt?«

»Weine nicht! Ich erschieße den bösen Mann für dich! Wo ist der böse Mann?« erklang Wendells dünnes Stimmchen. »Aber erst muß du aufhören zu weinen!«

»Du kannst ihn nicht erschießen«, sagte Sis. »Weil ich es sage, darum.«

»Schüttelt sie«, sagte Mrs. Chisom. Anerkennung schwang in ihrer Stimme mit.

»Wer weiß, wann sie das letzte Mal eine anständige, selbstgekochte Mahlzeit mit schönem frischen Gemüse zu sich genommen hat«, sagte Miss Tennyson-Bullock. »Das kann schon manches erklären. So, und jetzt einen kleinen Klaps, ganz sachte.«

In der kurzen Stille, die darauf folgte, sah Laurel ihren

Vater an. Es war das letzte Mal, daß sie allein mit ihm war und ihn so sah. *Eine* Täuschung war Mr. Pitts gelungen: daß dem gelebten Leben ihres Vaters noch immer Gefahr drohte. Nun gab es sie aber nicht mehr.

»Er liebte meine Mutter«, sagte Laurel in die Stille.

Sie hob den Kopf: Tish kam gerade auf sie zu und und stellte sich neben sie, und der alte Tom Farris war abwartend im Hintergrund des Zimmers geblieben. Mr. Pitts hatte hinter der grünen Wand gewartet, daß sie hinausgingen. Als er jetzt hervortrat und energisch seine Aufgabe in Angriff nahm, sah Tish zu Laurel herüber, blinzelte ihr sehr sanft und liebevoll zu und half ihr, aufzugeben und nicht mehr länger die Last des Sargdeckels zu tragen, ihn herabsinken zu lassen.

Dann zog Mr. Pitts den Sarg mühelos, als bewege er ihn allein mit der Kraft des Unbeteiligtseins, zwischen den Reihen der Anwesenden entlang und stellte sich an die Spitze des Trauerzuges. In einem Augenblick war der Sarg mit Blumen überhäuft worden. Als letzte kam Miss Adele: sie mußte die ganze Zeit drinnen gesessen haben, in dem wieder aufgerichteten Rauchsessel, die gefurchte Stirn an das alte braune seitliche Kopfpolster gelehnt.

Laurel, Miss Adele und Missouri traten gemeinsam vor die Haustür, um dem Sarg nachzusehen. Spielende Kinder und ein bellender Hund sahen zu, wie hinter ihm die Leute herauskamen. Zwei Kinder saßen auf dem Dach eines großen Transporters und winkten Wendell zu, die Hände voll Blumen. Sie hatten die Silberglocken abgepflückt.

Die presbyterianische Kirche von Mount Salus war von McKelvas erbaut worden, die auch dafür gesorgt hatten, daß sie die steilsten Eingangsstufen der Stadt erhielt: die Kirche sollte ebenso hoch sein wie das gegenüberliegende

Gerichtsgebäude. Auf ihrem Platz in der Familienbank hörte Laurel, wie die sieben Amtskollegen ihres Vaters, oder deren jüngere Söhne, und Bubba Chisom in seiner Windjacke Judge McKelva in seinem Sarg, diese gewaltige Last, heraufträgen. Sie hörte ihre schweren, unsicheren Schritte.

»Himmlischer Vater, möge diese Stunde uns daran erinnern, daß wir, ein jeder von uns, so herrlich und so wunderbar bereitet sind«, sagte Dr. Bolt mit gebeugtem Haupt am Sarg. Aber war das nicht Judge McKelvas Tischgebet? Es waren die letzten Worte, die Laurel hörte. Sie sah den Geistlichen unverwandten Blickes an, während er den Trauergottesdienst hielt, doch was er sagte, hätte so unhörbar sein können, wie die Bewegungen des Taschentuchs, mit dem er sich immer wieder über die Stirn und hinunter über die Wangen fuhr.

Alle blieben sitzen, als dann die Angehörigen – und die Angehörigen, das waren Laurel, Fay und die Bullocks – als erste dem Sarg durch den Mittelgang zum Portal folgten. Laurel sah, daß die Sitzbänke in der Kirche nicht ausgereicht hatten für all die vielen, die gekommen waren. Überall an den Wänden standen Menschen; sie verdunkelten die bunten Glasfenster. Auch die Schwarzen von Mount Salus waren gekommen, und sie waren in schwarzer Kleidung gekommen.

Jetzt strömten alle zugleich die Stufen herunter.

»Er wird dort liegen, von wannen *Er* gen Himmel fuhr«, sagte Miss Verna Longmeier am Fuß der Treppe. »Reißt den Vorhang mitten entzwei.« Ihre Hände zerrissen einen Saum: »Der Ölberg.« Triumphierend eilte sie in die entgegengesetzte Richtung davon.

Bei jedem Wagen schepperte es, wenn er über den Metallrost rollte, der, unpassierbar für das weidende Vieh, den Graben vor dem Friedhofseingang überbrückte. Langsam durchquerte der Trauerzug das schmiedeeiserne Tor, das mit seinen knienden Engeln und den verschlungenen Ranken schwarz wie Lakritze glänzte. Die Kuppe des Friedhofshügels war dicht bevölkert mit geflügelten Engeln und lebensgroßen Statuen dahingeschiedener, altmodisch gekleideter Bürger der Stadt, die wie abgezählt zwischen den Säulen und Obelisken und Nadelbäumen standen; sie glichen einer Gruppe miteinander vertrauter Passagiere, die sich auf dem Deck eines Dampfers versammelt hatten, wo alle einander kannten – gutgläubige Teilnehmer eines kleinen Ausflugs, einer Flußfahrt, die in Träumen ständig wiederkehrte.

»Ich freue mich, daß die große Kamelie sicher gerade blüht«, sagte Laurel. Sie spürte, wie Miss Tennyson ihr die behandschuhte Hand drückte, als Fay, von der anderen Seite her, sagte: »Wie kann jemand nur so dumm sein, sich vorzustellen, ich würde meinen Mann neben seiner ersten Frau begraben? Er kommt auf den neuen Teil.«

Laurel ließ ihren Blick über die Urnen gleiten, die alle Grabstellen der McKelvas kennzeichneten, und sie sah die Lieblingskamelie ihres Vaters, die altmodische *Chandlerii Elegans,* die er auf das Grab ihrer Mutter gepflanzt hatte – inzwischen so groß wie ein Pony, war sie jetzt mit frischen und abgestorbenen Blüten überladen und stand auf einem verblichenen Teppich von ihren eigenen Blütenblättern.

Laurel wäre schwerlich auf den Gedanken gekommen, daß der Friedhof von Mount Salus einen »neuen Teil« hatte. Sie fühlte sich hier so fremd wie auf der anderen Seite des Mondes. Die Wagenkolonne hielt an. Das letzte Stück Weg war, wie Laurel jetzt sah, so holperig, daß dort kein anderes Gefährt als ein Leichenwagen fahren konnte. Sie stiegen aus und standen auf dem mit Gras bewachsenen lehmigen Weg, der hier nach und nach aufhörte. Der Transporter hielt unmittelbar hinter dem Auto, mit dem die Angehörigen gekommen waren, und berührte es fast mit seiner Stoßstange, an der ein Blechschild befestigt war: *»Was du nicht willst, das man dir tu – füg's schnell den andern zu.«*

»Was wollen wir hier?« fragte Wendell. Seine Stimme, so leicht wie Distelwolle, trug dennoch weit hier im Freien.

»Wendell Chisom, sie müssen zu Ende bringen, was sie angefangen haben, verstehst du das nicht? Ich hab dir ja gesagt, du bereust es noch, daß du unbedingt mitwolltest.«

Sie gingen querfeldein. Ein paar Dutzend Gräber gab es hier schon – eines wie das andere mit unverwüstlichen Plastikchriststernen geschmückt.

»Nun, finden auch alle her?« rief Miss Tennyson. Ihr Blick glitt über die zahlreichen Menschen hin, die ihnen zu Fuß über das frische Gras nachkamen. »Jemand soll dem alten Tom Farris helfen und ihn führen!«

Ein Zeltdach bezeichnete die Grabstelle; es schien, als sei es die entlegenste auf dem ganzen Friedhof. Als sie näher kamen, schlugen plötzlich schwarze Flügel in dumpfem Gleichklang, und eine Schar Vögel flatterte auf wie von einem gepflügten Acker, im Flug noch ein Abbild des Bodens, gleich einer alten Karte, die noch immer einem neu entdeckten Gebiet gerecht wurde. In langen Wellen flogen sie davon.

Mr. Pitts wartete wieder einmal; er stand unter dem Zeltdach. Die Angehörigen nahmen die ihnen zugewiesenen Plätze ein. Zur Rechten von Laurel saß Fay, die Wange in die schwarzbehandschuhte Hand geschmiegt. Sie sahen jetzt den Sarg, der unbeweglich über der offenen Grube schwebte, in Augenhöhe vor sich.

Miss Tennyson, nach wie vor an Laurels linker Seite, murmelte ihr leise ins Ohr: »Sieh dich mal um. Die Band von der High School. Die haben auch allen Grund zu kommen. Clint hat ihnen die Trompeten gestiftet, mit denen sie protzen, und er hat ihnen die Uniformen gestiftet, in denen sie durch die Gegend ziehen. Jemand soll ihnen sagen, sie sollen sich geradehalten! Selbstverständlich werden sie doch nicht etwa spielen!«

Unter Mr. Pitts' Zeltdach roch Laurel den wilden Duft der im Freien wiederauflebenden Blumen und den nackten, naßkalten Lehm in dem offenen Grab. Die Stühle standen auf einer geruchlosen pistaziengrünen Grasmatte, Mr. Pitt's transportablem Rasen. Aber selbst diese Halme reagierten – alles reagierte unvermeidlich – auf ein Beben, das man unter den Füßen spürte: der neue Teil des Friedhofs grenzte an die neue Schnellstraße.

Dr. Bolt stellte sich in Positur und hielt die Grabrede. Wieder gelang es Laurel nicht, die Worte, die über seine Lippen kamen, zu hören. Sie hätte wohl selbst die Band von der High School nicht gehört. Geräusche von der Schnellstraße fluteten über sie hinweg, steigend und fallend, ohne Ende, wie Meereswogen, betäubend wie Trauer. Aufblitzende Windschutzscheiben blendeten ihre Augen wie durch Tränen wahrgenommene Lichter. Dann schob sich neben ihr die schwarze Hand von der Wange hoch, und Fay tupfte sich ihre Frisur zurecht – es war vorüber.

»Ich möchte Ihnen sagen, Laurel, was für eine wunderschöne Beerdigung das war«, sagte Dot Daggett, gleich nachdem Dr. Bolt die Reihe der Angehörigen entlanggegangen war, um ihnen die Hand zu drücken, und sie sich alle erhoben hatten. »Ich habe alle gesehen, die ich kenne, und alle, die ich einst gekannt habe. Das ganze alte Mount Salus war vertreten.« Aus ihren alten Filmschauspielerinnenaugen sah sie zu Laurel auf. Von den anderen verabschiedete sie sich, indem sie ihnen Kußhände zuwarf, wobei sie Miss Tennyson-Bullock überging.

Die jungen Leute von der Band machten sich als erste davon. Lauter rote und goldene Farbtupfen, stürmten sie quer über das grasbewachsene Gelände zu ihrer wartenden alten Klapperkiste zurück. Wendell rannte hinter ihnen her. Auf dem Fahrweg fand er den Transporter, kletterte hinten hinein, warf sich der Länge nach hin und lag flach am Boden da.

Die übrigen Trauergäste machten sich langsamen Schrittes auf den Weg. »Jemand soll sich um den alten Tom Farris kümmern!« rief Miss Tennyson. Laurel ließ die anderen vorgehen und wandte sich Missouri zu, die sie mit ausgebreiteten Armen erwartete.

Hinter ihnen ließen sich, während sie weitergingen, die Vögel wieder nieder. Es waren Stare, die jetzt geschäftig hin und her trippelten und ihre frühlingsgelben Schnäbel in die Erde stießen.

4

Im Wohnzimmer war zum Glück das Feuer ausgegangen. Missouri und Miss Tennyson stellten alle Stühle wieder an ihre Plätze in den beiden Zimmern und im Eßzimmer, und den Brautjungfern war es in gemeinsamer Arbeit gelungen, die Uhr auf dem Kaminsims aufzuziehen, die Zeiger zu stellen – es war erst zehn nach zwölf – und das Pendel in Gang zu setzen.

Miss Tennyson-Bullock ließ vom Eßzimmer her jenes laute Stöhnen vernehmen, das sie immer von sich gab, wenn ein Gericht besonders gut gelungen war; es war ein von ihr selbst zubereitetes Hühnerfrikassee. Sie bat die anderen herein.

Fay starrte auf den weißgedeckten Tisch, auf den Miss Tennyson, Miss Adele, Tish und ein paar andere Brautjungfern jetzt Teller und Platten stellten. Missouri, wieder in ihrer Schürze, aber noch mit Lehm vom Friedhof an den Absätzen, brachte die Kaffeemaschine herein. Sie betrachtete ihr Spiegelbild in dem Metallschild an der Seite und wandte ihr lächelndes Gesicht Laurel zu.

»So!« sagte sie sanft. »Nun sieht es im Haus wieder so aus wie sonst! So wie immer!«

»Sehen Sie? Hier ist der Schinken!« sagte die Frau des Geistlichen zu Laurel, als sei nun alles wieder in Ordnung.

Sie bot Laurel ein kleines rotes Stückchen davon auf einem Ritz-Cracker an. Dann hastete sie davon, zu ihrem Mann.

Sowie sie das Haus verlassen hatte, trug Major Bullock das silberne Tablett herein, das schwer beladen war mit mehreren Flaschen, einem Wasserkrug und einem Kreis von silbernen Bechern und hohen Gläsern.

»Wanda Fay, du hast genug Zaster in Aussicht, daß eine alleinstehende Frau ewig davon leben kann«, sagte Bubba Chisom. Er hielt mit beiden Händen ein zusammengeklapptes Schinkenbrot.

»Ich finde, daß alles sehr gut ausgegangen ist«, sagte Fay.

»Armes Kind«, sagte Major Bullock. Und als er ihr einen der silbernen Becher mit Whiskey und Wasser darin hinhielt – sie ließ ihn warten, ohne ihm den Becher abzunehmen –, sagte er wieder: »Armes Kind. Ich nehme an, Sie wissen, daß Sie das Haus bekommen und alles darin, was Sie haben möchten. Und Laurel, die ja ihre eigene schöne Wohnung in Chicago hat, wird entsprechend entschädigt werden, wenn wir wissen, wieviel –«

»Oh, verflixt«, sagte die alte Mrs. Pease.

»*Ich* weiß, wem dieses Haus gehört«, sagte Fay. »Aber vielleicht müssen es ein paar andere Leute noch lernen.«

Major Bullock hob den Becher, den er ihr hingehalten hatte, und leerte ihn selbst.

»Du hast dich gut gehalten bis jetzt, Wanda Fay«, sagte die alte Mrs. Chisom. »Ich war stolz auf dich heute. Und stolz *für* dich. Diesen Sarg hätte ich ihm am liebsten weggenommen und Roscoe gegeben, wenn ich gekonnt hätte.«

»Ich danke dir«, sagte Fay. »Er war nicht gerade billig, und ich glaube, das sah man ihm an.«

»Trotzdem, auch ich hab getan, was ich konnte. Und ich fühle, daß Roscoe, wie er jetzt da oben sitzt, es weiß«, sagte Mrs. Chisom. »Und was kann man mehr verlangen.«

»Du hast eine Menge Leute angezogen«, sagte Sis. »All diese Neger noch nicht einmal mitgerechnet.«

»Ich war zufrieden«, sagte Fay.

»So wie du dich im ersten Augenblick benommen hast, warst du ja wohl nicht gerade erfreut, uns zu sehen«, sagte Sis. »Oder hab ich das nur geträumt?«

»Aber, aber, ihr seid doch Schwestern«, mahnte die alte Mrs. Chisom. »Ich bin froh, daß du in gerade *dem* Augenblick zusammengebrochen bist, Wanda Fay«, fuhr sie mit ausgestrecktem Zeigefinger fort. »Alles zur rechten Zeit und am rechten Ort. Später, wenn die Leute wieder mit ihren eigenen Sachen beschäftigt sind, kannst du keine Anteilnahme mehr erwarten. Später wissen sie deine Tränen nicht mehr zu würdigen. Dann fällst du ihnen damit bloß auf die Nerven.«

»Wanda Fay, es tut mir leid, aber ich kann jetzt hier nicht noch länger herumtrödeln«, sagte Bubba Chisom. Er gab ihr seinen leeren Teller. »Bei einem Abbruchunternehmen hat man nicht soviel Zeit übrig, nicht, wenn man soviel zu tun hat wie wir in Madrid.«

»Also, dann kommt«, sagte Sis, die sich schwerfällig erhoben hatte. »Fahren wir los, ehe die Kinder anfangen, sich zu prügeln, und Wendell wieder Schwierigkeiten macht. Wendell Chisom«, sagte sie zu dem kleinen Jungen, »du kannst deiner Mutter zu Hause folgendes ausrichten: es war das erste und letzte Mal, daß ich dich zu einer Beerdigung mitgenommen und mich um dich gekümmert hab.« Sie ergriff Laurels Hand und schüttelte sie. »Wir haben eine Menge von Ihrem alten Dad gehalten, auch wenn er nicht lange genug auf Erden weilen durfte, daß wir ihn kennenlernen konnten. Einerlei, was er gewesen ist, wir haben immer gewußt, daß er ein einfacher Mann aus dem Volk war.«

Durch die offene Haustür sah man den alten Großvater, der schon draußen war und, den Hut auf dem Kopf, umherging und die Bäume betrachtete. Der Pekannußbaum vor dem Haus war mit knospenden Blättern übersät. Sie sahen aus wie lauter grüne Bienen in einem großen Bienenkorb aus Licht. Im Hutband des alten Mannes steckte etwas, das ebenfalls hell schimmerte – die zweite Hälfte seiner Rückfahrkarte, für die Heimfahrt nach Bigbee.

»Wanda Fay«, sagte Mrs. Chisom, »ich möchte dich etwas fragen: wen willst du hier in diesem Haus außer dir noch wohnen lassen?«

»Worauf willst du hinaus?« fragte Fay mit finsterem Blick.

»Ich sage dir nur, hier ist Platz genug für unsere ganze Sippe«, sagte Mrs. Chisom. Sie trat in die Halle hinaus und blickte die Treppe mit dem weißen Geländer hinauf. »Falls wir je auf den Gedanken kämen, wieder nach Mississippi zu ziehen.« Sie ging hinaus, und sie hörten ihre Schritte auf der Veranda. »Das würde ein schönes Fremdenheim abgeben, wenn du deine Mutter dazu bringen würdest, herzukommen und für die Gäste zu kochen.«

»Du lieber Himmel!« rief Miss Tennyson-Bullock.

»Mama«, sagte Fay, »weißt du was? Ich denke gerade, ich hätte Lust, mit dir in den Wagen zu steigen. Und mit meinen Leuten nach Hause zu fahren, nach Texas.« Ihr Kinn zitterte, als sie das Wort Texas aussprach. »Hast du gehört?«

»Und wie lange hast du vor zu bleiben?« fragte Mrs. Chisom. Sie kam auf Fay zu und sah sie an.

»Nur so lange wie nötig.«

»Sie wollen so überstürzt verreisen?« fragte Major Bullock. Er war an ihre andere Seite getreten.

»Major Bullock«, sagte sie, »ich finde, wenn man die

Hinfahrt umsonst haben kann, dann ist die Sache entschieden. Und zufällig hab ich auch meinen Koffer noch nicht ausgepackt.«

»Ich hab noch nicht gehört, warum du mitfahren willst«, sagte Sis. »Hast du einen Grund?«

»Ich möcht nur gern jemand wiedersehen, der meine Sprache spricht, das ist der Grund. Wo ist DeWitt?« fragte Fay streng. »Ihr habt ihn nicht mitgebracht.«

»DeWitt? Der ist immer noch in Madrid. Der ist die ganze Zeit schlechter Laune, seit du Judge McKelva geheiratet und ihm keine extra gestochene Einladung zur Hochzeit geschickt hast«, sagte Bubba.

Fay sah ihn mit einem verkniffenen Lächeln an.

Mrs. Chisom sagte: »Ich hab zu ihm gesagt: ›DeWitt, nun hören Sie mal! Sie sind für sie wie ein Bruder, das gleiche, was Bubba für sie ist –und Roscoe war. Jetzt gehört es sich für Sie, daß Sie Ihren Ärger hinunterschlucken und mit uns zur Beerdigung fahren. In Lake Charles können Sie das Steuer übernehmen.‹ Aber DeWitt bleibt DeWitt, er verlangt, daß man auf seine Gefühle Rücksicht nimmt.«

»Er spricht meine Sprache«, sagte Fay. »Ich hab DeWitt eine Menge zu erzählen.«

»Ich fürchte, dann mußt du dich vor sein Haus stellen und es ihm zubrüllen«, sagte Bubba. »Bei dem steht jedes kleinste Fleckchen voll von Geräten von seinen Kunden. Man kommt kaum mehr rein vor lauter Staubsaugern und Benzinmotoren und Badezimmerboilern und alten Ventilatoren, und alles kaputt. Nichts hat er repariert. Er kann kaum aus dem Haus raus, und man selbst kann nicht rein.«

»Ich treibe ihm seine schlechte Laune schon aus«, sagte Fay.

»Ich glaube, das ist genau das, worauf er wartet, wenn

du mich fragst«, sagte Sis, »Ich an deiner Stelle würde ihm den Triumph nicht gönnen.«

Fay rief: »Es macht mir auch nichts aus, wenn ich hinten stehen muß, bei den Kindern.« Sie wirbelte herum und lief die Treppe hinauf.

»Es wird damit enden, daß du auf meinem Schoß sitzt«, sagte ihre Mutter. »Ich kenne dich.« Sie streckte die Hand aus und hielt ein Tablett fest, das gerade hinausgetragen wurde. »Ich hätte nichts dagegen, ein bißchen von dem Schinken mitzunehmen«, sagte sie zu Tish. »Damit er nicht umkommt.«

Laurel folgte Fay die Treppe hinauf und blieb in der Schlafzimmertür stehen, während Fay ihre Toilettensachen in den schon zum Bersten vollen Koffer stopfte.

»Fay, ich wollte, daß du weißt, wann ich abreise«, sagte sie. »Dann besteht keine Gefahr, daß wir uns hier noch einmal über den Weg laufen.«

»Das paßt mir großartig.«

»Ich möchte noch drei Tage bleiben. Und ich fliege dann am Montag mit dem Drei-Uhr-Flugzeug von Jackson ab. Ich bin also gegen zwölf aus dem Haus.«

»Also gut.« Fay schlug den Koffer zu. »Dann sieh zu, daß du dein Wort auch hältst.« Und über Laurels Kopf hinweg brüllte sie: »Ich komme, Mama! Fahrt ja nicht ohne mich weg!«

»Fay, ich wollte dich auch etwas fragen«, sagte Laurel. »Warum hast du mir neulich im ›Hibiscus‹ das über deine Angehörigen gesagt?«

»Was hab ich denn gesagt?« fragte Fay herausfordernd.

»Du hast gesagt, du hättest niemanden mehr – keine Familie. Du hast gelogen.«

»Und wennschon, genau das tun alle anderen auch«, sagte Fay. »Warum sollte ich es nicht tun?«

»Du hättest mir nicht vorlügen sollen, daß sie alle tot sind.«

»Immer noch besser als manche Lügen, die ich hier so gehört hab!« rief Fay. Sie mühte sich, ihren Koffer hochzuheben.

Als habe sie Fay gerade in tiefster Not gesehen, machte Laurel instinktiv Anstalten, ihr zu helfen. Doch Fay drängte sich, den Koffer schleifend, an ihr vorbei und stolperte vor ihr die Treppe hinunter, wobei ihre Last auf jeder Stufe dumpf aufschlug. Sie hatte jetzt ihre grünen Schuhe an.

»Ich glaube, ein paar Tage bei Ihrer Familie werden Ihnen guttun«, sagte Miss Tennyson-Bullock. Sie standen alle im Eßzimmer und warteten. »Viel frisches Gemüse essen und so weiter.«

»Zumindest sind meine Leute keine Heuchler«, sagte Fay. »Wenn sie mich nicht bei sich haben wollten, würden sie es mir ins Gesicht sagen.«

»Wann kommen Sie wieder?« fragte Major Bullock, leicht schwankend.

»Wenn es soweit ist.«

Die Uhr schlug halb eins.

»Oh, wie ich diese alte Schlaguhr hasse!« rief Fay. »Die ist das erste, was ich mir vom Halse schaffen werde.«

Sie wollten den alten Mr. Chisom bis zur Bushaltestelle mitnehmen, damit er auch richtig hingelangte.

»Sie haben eine Menge fette Eichhörnchen – die reinste Verschwendung«, sagte der alte Mann. Er beugte sich zu Laurel hinunter, und sie war nicht im geringsten darauf vorbereitet, als er ihr zum Abschied einen Kuß gab.

Endlich waren alle in dem Transporter verstaut und rollten langsam den Weg zur Straße hinunter.

»Die arme kleine Frau. Ihr ist eine schwere Last aufgebürdet worden, und sie weiß noch nicht, wie sie die allein tragen soll«, sagte Major Bullock, während er winkte.

Wendell, der ganz hinten in dem Transporter stand, war jetzt als einziger von den Chisoms noch zu sehen. Er zog eine seiner Pistolen aus dem Gürtel und schoß im Davonfahren auf die Gruppe vor dem Haus. Man hörte kein Geräusch, nur seine dünne, klägliche Stimme: »Päng! Päng! Päng!«

Die wenigen, die nun noch übriggeblieben waren, gingen ins Haus zurück. Auf dem silbernen Tablett in der Halle lag ein Häufchen Visitenkarten, das aussah, als hätte jemand versucht, ein Kartenhaus damit zu bauen. Daneben stand eine Konfektschachtel mit dem Bild eines hübschen Mädchens auf dem staubigen Deckel.

»Der alte Mr. Chisom hat mir all diese Pekannüsse, die er von zu Hause mitgebracht hat, geschenkt«, sagte Laurel mit einem Seufzer. »Ich weiß nicht, warum. Und zum Abschied hat er mir einen Kuß gegeben.«

»Er hat wohl gemeint, du seist Fay«, sagte Miss Adele freundlich.

»Ich mach mir einen kleinen Toddy«, sagte Miss Tennyson und tat Zucker in ein mit irgendwelchem Alkohol gefülltes Glas. »Weißt du, Laurel, an wen ich die ganze Zeit über denken mußte? An *Becky*!«

»Natürlich«, sagte Miss Adele.

»Ich hab immer nur dem Himmel gedankt, daß sie nicht dabei war. Kind, bin ich froh, daß deine Mutter das nicht erleben mußte. Ich bin froh, daß du es warst.«

»Verflixt. Ich bin wütend auf dich, daß du das Haus nicht bekommst«, sagte die alte Mrs. Pease zu Laurel. »Schließlich bin ich es, die weiterhin nebenan wohnen muß.« Sie ging nach Hause.

Auch die anderen schickten sich an zu gehen. »Rupert,

ich könnte dir den Schädel einschlagen, daß du diese Chisoms herbeigetrommelt hast«, sagte Miss Tennyson, als der Major sie beim Arm nahm.

»Ich hab gedacht, das könnte die Antwort auf die Gebete der armen kleinen Frau sein. Und Clint hat mir noch alle ihre Namen aufgeschrieben – an dem Tag, an dem er nach New Orleans gefahren ist. Für den Fall, daß sie ihre Lieben brauchte.«

»Und das war ja der Fall«, sagte Miss Adele.

»Ich kann es noch immer nicht glauben!« sagte der Major mit lauter Stimme, als die Bullocks, sich gegenseitig stützend, auf den alten Chrysler zugingen. »Ich kann es nicht glauben, daß wir alle dabeigewesen sind und ihn in seinem Grab zurückgelassen haben.«

»Rupert«, sagte Miss Tennyson, »jetzt hör mir mal zu. Glaube es! Jetzt gibst du dir Mühe und glaubst es! Hast du gehört, was ich gesagt habe? Der arme Clinton ist jetzt schon im Himmel.«

Miss Adele tat einen Schritt auf die Küche zu, in der Missouri gerade Gläser klirren ließ. Miss Adele hob einen Augenblick lang ihre leeren Hände und ließ sie herabfallen.

Laurel strich ihr über die Hände und sah ihr nach.

Drei

1

Laurel kniete auf der Erde und machte sich zwischen den Schwertlilien zu schaffen, die sich noch immer in einer gezackten Linie an der Rückseite des Hauses entlang bis zur Küchentür hinzogen. Sie hatte in ihrem Koffer die dunkelblaue lange Hose und die blaue Strickjacke entdeckt – beides hatte sie ebenso automatisch mit eingepackt wie ihr Skizzenbuch. Sie spürte im Nacken das leichte Stechen der Frühlingssonne und hörte den Gesprächen der anderen zu. Ihre Besucherinnen saßen hinter ihr im Halbkreis in der Sonne.

»Jedenfalls haben wir sie aus dem Haus«, sagte Miss Tennyson-Bullock. »Fay ist fort!«

»Triumphieren Sie nicht zu früh«, sagte die alte Mrs. Pease.

Die vier ältlichen Damen fühlten sich alle in Judge McKelvas Garten wie zu Hause. Von den niedrigen Zweigen des Hartriegelbaumes kamen Kardinäle herabgeflogen und pickten hier und da vor den gekreuzten Füßen der Frauen. Auf dem Wipfel des Baumes saß eine Spottdrossel und beobachtete sie schweigend wie ein Wächter.

»Ich habe oft viel Zeit damit vertan, den armen Clint zu bedauern. Aber nun ist er im Himmel. Und da sie in Texas ist, kann ich hier in der Sonne sitzen und mich für uns von Herzen freuen«, sagte Miss Tennyson. Sie saß in dem uralten Liegestuhl, in dem sie versank wie in einer Hängematte. »Der Major erwartet sie natürlich täglich zurück.«

»Oh, aber doch nicht für immer, oder? Hier in Mount Salus, ohne Ehemann?« fragte Mrs. Bolt, die Frau des Geistlichen. Und sogleich beruhigte sie sich selbst: »Nein, sie wird nicht lange bleiben. Sie wird von hier fortziehen.«

»Ich würde mich an Ihrer Stelle nicht darauf verlassen«, sagte die alte Mrs. Pease. »Sie haben ja einen kleinen Einblick bekommen in die Verhältnisse, aus denen sie stammt.«

»Sie brauchen sich bloß zu fragen, welches Dach sie wohl lieber über dem Kopf hätte als dieses hier, dann haben Sie die Antwort«, sagte Miss Tennyson.

»Was hat sie denn mit sich angefangen, als er noch da war?« rief Mrs. Bolt.

»Nichts als dasitzen und essen«, sagte Miss Tennyson. »Und trotzdem blieb sie mager wie ein Spatz.«

»Sie mußte essen. Sie hatte ja nichts anderes, womit sie ihre Hände beschäftigen konnte«, sagte Mrs. Pease und hielt eine riesige Wolldecke hoch, an der sie im porzellanweißen Licht unter dem Hartriegelbaum strickte.

»Oh, aber Sie wissen doch sicherlich, daß sie vollauf damit beschäftigt war, sich um das große Haus zu kümmern«, sagte Miss Adele. Sie hielt den Kopf schräg und blickte an der Außenmauer hoch. Der leicht spöttische Unterton, der zu ihrer Stimme gehörte, war heute wieder da.

»Das Haus war nicht gerade eine *Sehenswürdigkeit.* Oder vielmehr doch«, sagte Miss Tennyson. »Der Zustand, in dem sie es bei ihrer Abreise hinterlassen haben, als sie noch dachten, sie würden bald wiederkommen – ich möchte nicht beschreiben, wie Adele und ich es vorgefunden haben.«

»Das Ehebett war wohl nicht gemacht?« fragte Mrs. Bolt.

»Na schön, wenn sie ihn glücklich gemacht hat. Niemand kann mir vorwerfen, daß ich je *ein* Wort zuviel darüber verloren hätte«, sagte Miss Tennyson.

Der wilde Phlox leuchtete blau wie ein See hinter Miss Adele Courtland, die jetzt sagte: »Oh, er war wirklich ganz vernarrt in sie.«

»Vernarrt. Sie haben es getroffen. Das ist das richtige Wort«, sagte Miss Tennyson.

Laurel jätete Unkraut. Bei jeder Pflanze, nach der sie griff, hörte sie die Stimme ihrer Mutter den Namen sagen. »Eisenkraut.« »Das sind nur Mieren.« »Und hier kommen wieder diese elenden alten Ranken!«

»Wenn er in sie vernarrt war, dann sicher nicht wegen ihrer Bridge-Künste. ›Leben und Tod‹ lag schon eher auf der Linie ihrer Talente«, sagte die alte Mrs. Pease grimmig.

»Ja, er war vernarrt in sie, wie Männer das nun einmal sind. Ich würde deinem teuren Vater nur gern eine einzige Frage stellen, wenn ich ihn schnell noch einmal zurückholen könnte, Laurel«, sagte Miss Tennyson, und sie beugte sich angestrengt vor und stellte ihre Frage mit heiserer Stimme: »Was war aus seiner Urteilskraft geworden?«

»So alt war er doch noch gar nicht«, pflichtete Mrs. Pease ihr bei. »Ich bin älter. Eine Spur.«

»Ein Mann kann einem Kind wie Fay gegenüber Gewissensbisse fühlen, und braucht es dennoch nicht so weit zu treiben«, sagte Miss Tennyson. Sie rief: »Laurel, weißt du, daß sie, als er sie hierher in euer Haus brachte, kaum wußte, wie man bei einem Ei das Gelbe vom Weißen trennt?«

»Und er ebensowenig«, sagte Miss Adele.

»›Bratpfanne‹ – das war das einzige, was sie beim Namen nennen konnte von all den Dingen, die deine Mutter in der Küche hatte, Laurel. So etwas macht in der Stadt mit Windeseile die Runde, wie du dir denken kannst. Ich erzähle es dir nicht gern, aber das Ende vom Lied war«, sagte Miss Tennyson, »daß sie sonntags, wenn keine Macht der Welt Missouri dazu bewegen konnte zu kommen, nach der Kirche ins Hotel Iona gingen und dort, im Speisesaal, ihr Sonntagsmahl aßen.«

Auf dem Wipfel des Baumes wölbte die Spottdrossel ihre Brust und ließ eine Kaskade von Tönen herabstürzen.

»Oh, es war der traurigste Anblick, an den ich mich erinnern kann«, sagte die alte Mrs. Pease, wie ein Krebs über ihre Wolle gebeugt.

»Der Major und ich kommen dort zufällig immer vorbei, wenn wir von der Kirche nach Hause gehen. Sonntag für Sonntag haben wir die beiden gesehen, hinter der schmutzigen Spiegelglasscheibe«, sagte Miss Tennyson. »Turtelnd und schnäbelnd. Kein Tischtuch.«

»Oh, wie gut, daß Sie mich erinnern!« sagte Mrs. Bolt. »Mein Mann hat mir seine Sonntagspredigt noch nicht aufgesagt, und er hat nur noch zwei Tage, morgen und übermorgen.« Sie verabschiedete sich und ging.

»Sie wäre empört, aber diese Ansprache von ihrem Mann ist Clinton in keiner Weise gerecht geworden«, sagte Miss Tennyson. Sie lehnte sich in dem großen alten Liegestuhl zurück. »Zuerst hatte ich nichts einzuwenden. Daß sie irgendwo einen Haken hatte, kam mir erst, als ich hinterher darüber nachdachte.«

»Der ganze Tag hat einiges zu wünschen übriggelassen, wenn Sie meine ehrliche Meinung hören wollen«, sagte die alte Mrs. Pease.

»Nur zu. Ich weiß schon, Sie machen dem Major Vorwürfe«, sagte Miss Tennyson. »Wieso er sich dazu hinreißen ließ, all diese Chisoms zusammenzuholen, das wird auch mir ewig unbegreiflich sein. Er hat gesagt, sie wären doch nichts weiter als gute alte Angelsachsen. Aber ich habe gesagt –«

»Baptisten können Sie nicht im Zaum halten«, sagte Mrs. Pease. »Läßt man sie, wenn jemand stirbt, erst einmal ins Haus, sind sie nicht mehr zu bremsen. Als die ganze Horde der Chisoms mit ihrem Spektakel loslegte, hab ich mir gedacht, die einzige sichere Möglichkeit, das heil zu überstehen, ist, daß du kein einziges Wort sagst, sondern mucksmäuschenstill dasitzt.«

»Ich meine allerdings, daß die Chisoms sich in allem ebenso gut oder schlecht verhalten haben wie wir«, sagte Miss Adele. »Wenn wir es schon wagen wollen, über Benehmen zu reden.«

»Adele hat, wie die meisten Lehrer, eine geringe Meinung von *allen* Menschen«, sagte Miss Tennyson.

»Zugegeben, sie waren ein bißchen unfeiner als wir«, sagte Miss Adele. »Aber nur ein klein wenig.«

»Das Jämmerliche war, daß Fay es auch nicht besser wußte als die anderen von ihnen. Sie bildete es sich bloß ein«, sagte Miss Tennyson.

»Haben Sie gehört, wie sie ihrer Schwester eine Abfuhr erteilt hat? Sie wollte nicht an ihrer Brust weinen«, sagte die alte Mrs. Pease.

»Nun ja, wir haben alle genau gewußt, was von Fay zu erwarten sein würde«, sagte Miss Tennyson. »Aber das hat es nicht erträglicher gemacht, als es dann passierte. Der kleine Klaps, den ich ihr gab, hat mir alle Kraft genommen.«

»Es ist sonderbar«, sagte Miss Adele, »aber ich glaube, dieses Gehabe entsprach genau Fays Vorstellung von dem, was sich bei einem traurigen Anlaß gebührt. Und sie hat es glänzend bewerkstelligt – aus ihrer Sicht betrachtet!« fügte sie hinzu, bevor die anderen sie unterbrechen konnten. »Sie wollte für das Begräbnis ihres Mannes von allem nur das Beste: den teuersten Sarg, die am schönsten gelegene Grabstelle –«

»Schön! Mit Ausblick auf die Schnellstraße! Diese gräßlichen Lastwagen haben derartig gejault, daß von dem, was Dr. Bolt sagte, kein Wort zu verstehen war. Nicht einmal von unseren guten Plätzen aus«, sagte Miss Tennyson.

»– und«, fuhr Miss Adele fort, »von seiten der Witwe ein Verhalten, so verzweifelt und rasend vor Schmerz, wie sie es nur zuwege bringen konnte.«

Über ihren Worten schwebte der Gesang der Spottdrossel, die unablässig ihre Stimme erklingen ließ.

»Ich hätte ihr den Hals umdrehen können«, sagte Miss Tennyson.

»Sie konnten doch nicht erwarten, daß sie sich plötzlich anders als eine Baptistin aufführt«, sagte die alte Mrs. Pease.

»Nun, Baptistin bin ich freilich auch«, sagte Miss Adele, und in ihrer Wange kam das Grübchen zum Vorschein.

»Adele, Sie waren mit Fays Benehmen genausowenig einverstanden wie wir anderen«, sagte Miss Tennyson.

»Ich habe gesehen, daß Sie sich hinsetzen mußten«, sagte die alte Mrs. Pease listig.

»Ich gebe mir selbst eine ebenso schlechte Note wie allen anderen. Keine Angst«, sagte Miss Adele.

»Also ich schäme mich jedenfalls für nichts, was ich getan habe«, sagte Miss Tennyson. »Aber für Fay hab ich mich geschämt, als sie plötzlich auf Wiedersehen sagte und mit den anderen Chisoms abzog. Ich nehme an, daß sie gedacht hat, wir würden sie vielleicht nicht fortlassen. Aber wir haben sie nicht gerade sehr herzlich gebeten zu bleiben, wie?« Miss Tennyson sank noch tiefer in den alten Liegestuhl.

»Tatsache ist«, sagte Miss Adele, »daß Fay auf ihre Art länger durchgehalten hat als wir anderen, die wir Judge McKelva besser kannten und alles besser wußten. Major Bullock war am Ende, rundheraus gesagt, beschwipst, und jeder, der den Mund auftat, sagte so ungefähr das Verkehrteste, was er nur sagen konnte.«

»Adele! Du liebst es nun einmal leidenschaftlich, dich selbst zu bestrafen. In Wirklichkeit ist dir das, was du da sagst, genauso verhaßt wie uns«, erklärte Miss Tennyson.

»Aber es ist meine Meinung.«

»Nun, ich bleibe dabei, ich verwünsche die Chisoms«, sagte die alte Mrs. Pease. »Vor allen Dingen hätten sie zu Hause bleiben sollen. Alle miteinander.«

»Ich glaube außerdem, daß Fay gedacht hat, sie würde in der Achtung von Mount Salus steigen – dort, vor allen seinen alten Freunden«, sagte Miss Adele. »In ihren Augen war es die allerbeste Gelegenheit dafür.«

»Sie hätte eben jemanden gebraucht, der ihr sagt, wie sie sich verhalten soll«, sagte Miss Tennyson trocken.

»Aus allem, was uns geboten wurde, habe ich geschlossen, daß Fay ihrer Mutter nacheifern wollte«, sagte Miss Adele, während über ihnen die Spottdrossel sang.

»Wieso? Fay hat doch direkt vor der alten Mrs. Chisom und allen anderen erklärt, sie wünschte, ihre Mutter wäre nicht gekommen!« sagte Miss Tennyson.

»Trotzdem, ihr wollte sie es gleichtun«, sagte Miss Adele. »Und daran ist nichts auszusetzen, nicht wahr, Laurel?«

Laurel, die sich inzwischen bis zur Küchentür vorgearbeitet hatte, saß auf den Treppenstufen und sah die drei Frauen an.

»Ich hatte den Eindruck, wenn Fay sie nicht so rasch abgelenkt hätte, dann wären sie möglicherweise gleich alle dageblieben und hätten sich bei ihr eingenistet«, sagte die alte Mrs. Pease. »Als die alte Mrs. Soundso die vordere Veranda abschritt, wurde mir ganz bange, das kann ich Ihnen sagen.«

»Soll sie uns allen nun etwa leid tun?« fragte Miss Tennyson.

»Wenn wir sonst nichts tun können, bleibt uns wohl nichts anderes übrig«, sagte Miss Adele. »Oder, Laurel?«

»Komm, antworte!« rief Miss Tennyson. »Bist du bereit, sie jetzt zu bemitleiden, Laurel?«

»Sie hat ihre Zunge verschluckt«, sagte die alte Mrs. Pease. »Ich hoffe, ich sehe sie nie wieder«, sagte Laurel.

»Na also, Kindchen, jetzt ist es raus«, sagte Miss Tennyson. »Sie ist für uns alle eine Plage und sonst gar nichts. Warum bleibst du nicht hier und hilfst uns, mit ihr fertig zu werden?«

»Ja, warum eigentlich nicht?« sagte Miss Adele. »Laurel hat ja kein anderes Leben.«

»Ich muß selbstverständlich wieder zurück, an meine Arbeit«, sagte Laurel.

»Zurück an die Arbeit.« Miss Tennyson zeigte mit dem Finger auf Laurel und sagte zu den anderen. »Und das nach allem, was das Mädchen durchgemacht hat! Sie kehrt zu einem Leben voller Mühsal zurück, wo sie es doch genausogut aufgeben könnte. Clint hat ihr einen schönen Batzen Geld hinterlassen.«

»Wenn du diesmal wegfährst, kannst du immer nur als Besuch wiederkommen«, sagte Mrs. Pease warnend. »Du mußt natürlich tun, was du für richtig hältst – aber ich war schon immer der Meinung, daß die Leute im Grunde gar keinen Besuch haben mögen.«

»Es ist mein Ernst. Warum willst du wieder zum Nordpol zurück?« fragte Miss Tennyson. »Wer bringt dich um, wenn du diese Bilder nicht malst? Ich habe schon zu Tish gesagt: ›Tish, wenn Laurel hierbliebe und Adele sich zur Ruhe setzte, dann wären wir vier eine ebenso zünftige Bridgerunde wie damals, als Becky noch mitgespielt hat.‹«

»Ihr habt wohl vor, mich auszubooten, wie?« sagte die alte Mrs. Pease. Sie war schwankend aufgestanden.

»Nein, spielen Sie nur weiter so wie bisher«, sagte Miss Adele lächelnd. »Nates entzückende französische Frau in New Orleans würde Laurel ohne Vorbehalt zustimmen: Mount Salus hat einem leuchtenden Geist nicht genug zu bieten.«

»Na also!« rief Miss Tennyson. »Und ich hatte schon alle Hoffnung aufgegeben, daß wir Laurel McKelva diesmal noch zum Lachen bringen würden.«

»Ich habe schon gebucht«, sagte Laurel. »Für die Nachmittagsmaschine am Montag ab Jackson.«

»Und sie *wird* auch fliegen. Oh, Laurel schafft alles. Wenn es ihr nur schwer genug gemacht wird«, sagte Miss Adele. »*Natürlich* kann sie Mount Salus aufgeben und diesem Haus und uns und der Vergangenheit Lebewohl sagen, und sich übermorgen in einen Jet setzen und nach Chicago zurückfliegen. Und wieder einmal da beginnen, wo sie aufgehört hat.«

Laurel stand auf und küßte sie auf die spöttisch in Falten gezogene Wange.

»Laurel, sieh mal dort hinüber. Vielleicht würdest du es dir doch noch anders überlegen, wenn du die Rosen blühen sehen würdest, wenn du sehen würdest, wie Beckys Kletterrosen sich öffnen«, sagte Miss Tennyson leise.

»Ich kann es in Gedanken sehen, in Chicago.«

»Aber du kannst den Duft nicht atmen«, wandte Miss Tennyson ein.

Sie schlenderten zu dem Rosenbeet hinüber, wo die niedrigen Teehybriden standen, die Triebe gestaffelt beschnitten. Sie verbargen sich in opalisierendem Blattwuchs. Hinter ihnen – Laurel ging einige Schritte weiter – rankten sich die Kletterrosen hoch: auf der Seite von Mrs. Peases Grundstück eine *Mermaid,* ein wahres Dickicht, und auf der Seite der Courtlands eine *Lady Bank's* in ihrer festen fedrigen Blüte. Und dazwischen war der lange nackte Zaun für Beckys Kletterrose. Judge McKelva hatte sich beim Anblick von Beckys Kletterrose seiner selbst erinnert.

(»Ich gäbe etwas darum, wenn ich wüßte, was das eigentlich für eine Rose ist!« hatte Laurels Mutter in jedem Frühjahr gesagt, wenn die ersten durchscheinenden Blüten – sie hatten die wahre Rosenfarbe – aufgingen. »Es ist ein alter Stock, mit einem alten süßen Duft, und er hat durchaus ein Recht auf seinen eigenen Namen, aber niemand in Mount Salus ist geneigt, ihn mir zu sagen. Ich habe nichts anderes zu tun brauchen, als ihn freizulegen und ihm soviel Platz zu geben, wie er verlangte. Sieh ihn dir an! Er ist, dank seinen eigenen Wurzeln, natürlich, äußerst kräftig. Diese alte Wurzel da mag hundert Jahre alt sein!«

»Oder noch älter«, hatte Judge McKelva gesagt und ihr aus dem Liegestuhl zugelächelt – sein schwermütiges Lächeln. »Kräftig wie ein alter Apfelbaum.«)

Rotbraun glänzende Blätter und Dornen gleich sprühenden Flämmchen waren aus dem stark zurückgeschnittenen Stamm hervorgebrochen. Wenn er dieses Jahr nicht blühen würde, dann im nächsten: »Gärtner müssen lernen, es so zu betrachten«, pflegte ihre Mutter zu sagen.

Die Erinnerung kehrte wieder wie der Frühling, dachte Laurel. Die Erinnerung hatte die charakteristischen Merkmale des Frühlings. Manchmal war es das *alte* Holz, das die Blüten trieb.

»Laurels Zukunft haben wir also geklärt. Aber hat irgend jemand außer Tennyson Fays Zukunft geklärt? Ich weiß nicht, wie wir da weiterkommen sollen«, sagte Miss Adele; das gequälte Grübchen malte einen Schatten auf ihre Wange. »Wo uns doch schon jede Vorstellung fehlt, was wir mit Clintons kleinem Wildfang anfangen sollen. Er hat sie uns aufgehalst, ohne sich auch nur im geringsten um unsere Gefühle zu kümmern.« Sie tat heute ihr Bestes und erlangte nach und nach ihre übliche Verfassung wieder.

»Ein kurzer Schlag über den Kopf mit einem schönen festen Gegenstand«, meinte Miss Tennyson. »Sie wird ewig und drei Tage leben. Sie wird sich hier noch aalen, wenn wir längst begraben sind. Warum bloß alle Männer denken, sie müßten sie *beschützen*?«

»Der Major überschlägt sich da geradezu«, pflichtete die alte Mrs. Pease ihr bei.

»Aber er hat nicht angefangen, er war nicht der erste Dummkopf. Clint würde nicht schlecht staunen, wenn er uns jetzt hier so hören könnte, was?« sagte Miss Tennyson genießerisch. »Also wirklich, über die Männer kann ich mich nur wundern.«

»Laurel ist diejenige, die ihn vor diesem Unsinn hätte bewahren sollen. Laurel hätte im Krieg keinen Marineoffizier heiraten dürfen. Laurel hätte zu Hause bleiben müssen nach Beckys Tod. Er brauchte einfach einen Menschen um sich in dem großen Haus«, sagte die alte Mrs. Pease.

»Aber das mußte ja nicht gerade Fay sein«, sagte Miss Tennyson. »Der Teufel soll sie holen!«

»Sie hat nie einem Menschen etwas Böses angetan«, bemerkte Miss Adele. »Vielmehr hat sie einem einsamen alten Mann etwas gegeben, wofür er leben konnte.«

»Ich würde lieber nicht darüber nachdenken, wie«, warf Miss Tennyson geziert ein.

»Wir sind voller Ressentiments gegen das arme kleine verlassene Wesen«, sagte Miss Adele. »Und natürlich muß sie das merken. Sie selbst hat noch mehr Ressentiments als wir. Angeborene Ressentiments.«

»Wenn ich bloß gewußt hätte, daß Clint die Angel auswarf nach jemand, der Beckys Platz einnehmen sollte – ich hätte ihm eine weit bessere Frau als Fay gefunden. Und sogar hier, in Mount Salus«, konnte Miss Tennyson sich nicht verkneifen zu sagen. »Ich könnte eine nennen, die einen Luftsprung –«

»Er hat auch Becky nicht in Mount Salus gefunden«, sagte Miss Adele und brachte damit alle außer der Spottdrossel zum Schweigen.

»Und selbstverständlich gehört das zu den Eigenheiten, die Laurel von ihm geerbt hat. Sie hat sich nicht etwa hier nach einem Philip Hand umgesehen«, sagte Miss Tennyson.

Laurel stand auf.

»Ich glaube, Laurel hat nichts dagegen, wenn wir jetzt gehen«, sagte Miss Adele und erhob sich ebenfalls. »Wir haben sie lange genug hier draußen aufgehalten.«

»Nein, bitte uns nicht herein, wir verlassen dich jetzt, damit du den Rest ohne uns hinter dich bringst«, sagte Miss Tennyson nachsichtig. Sie schritt winkend hinaus auf die Straße. Die alte Mrs. Pease ging, ihre Wolldecke zusammenfaltend, langsam davon und entschwand durch die Pforte, die in ihren ungenutzten, selten betretenen Garten führte.

Als Laurel mit Miss Adele zu dem Durchlaß in der Hecke schlenderte, hörte man ein Geräusch, das sanfter war als der Gesang aus dem Hartriegelbaum. Es war ein rhythmischer, aber gedämpfter Laut, so als würde irgendwo ein Tamburin geschüttelt.

»Diese Taugenichtse! Nun sieh dir bloß an, wie die sich aufspielen«, sagte Miss Adele.

Ein Kardinal tauchte im Sturzflug in den Feigenbaum und streifte mit den Flügeln eine der blinkenden Scheiben, die leise klirrte. Ein zweiter Kardinal folgte, dann eine kleine Gruppe. Die dünnen schimmernden Blechscheiben waren wie blank geputzt vom Regen, und die rotgefiederten Vögel, lauter rivalisierende Männchen, stürzten sich auf ihr aufreizendes Spiegelbild. Nach dem leisen Klirren beschrieben die Vögel blitzschnell einen Bogen in der Luft und stießen dann von neuem herab, immer wieder.

»Oh, es ist ein Spiel, nicht wahr, nichts als ein Spiel!« sagte Miss Adele und betrat mit anmutigen Schritten ihren Garten.

2

Laurel stand in der Tür zur Bibliothek. Alles was ihr Vater, nachdem er sich zur Ruhe gesetzt und wieder geheiratet hatte, aus seinem Büro im Gebäude der Mount Salus Bank am Square noch um sich haben wollte, hatte er hierherschaffen lassen.

Vielleicht bietet ein übervolles Zimmer, einerlei was noch hineingebracht wird, immer den gleichen Anblick. Die eine Wand jedenfalls sah unverändert aus. Über dem einen Bücherregal hing die mit Leisten gerahmte Karte des Bezirks – ihr Vater hatte jede Meile gekannt; über dem anderen hingen die Porträts seines Vaters und seines Großvaters, der eine General der Konföderierten, der andere Missionar in China, aber der eine dem anderen so ähnlich wie zwei Pfirsiche, beide von derselben bemühten Hand gemalt – auf Holztafeln, die sich unter ihrem Gewicht nach vorn neigten, aber Seite an Seite hingen: die vier Augenbrauen, in den Konturen identisch, hatten die Form kleiner Sägen, die, mit den Zacken nach unten, über den Augen placiert und dann mit Lampenschwarz ausgefüllt waren.

Sie sah mit einem Blick, daß an den Büchern nichts verändert worden war. *Üppige Zeiten in Alabama und Mississippi* – der Titel lief, in Gold geprägt, diagonal über den schmalen grünen Rücken – stand am gleichen Platz wie eh und je, neben der illustrierten Ausgabe von Tennysons Poetischen Werken, die wiederum neben *Hoggs Bekenntnissen eines gerechtfertigten Sünders* standen. Liebevoll strich sie mit dem Finger über *Eric Brighteyes* und *Jane Eyre, Die letzten Tage von Pompeji* und *Nur weiter so, Jeeves.* Schulter an Schulter, bildeten diese Bücher nun seit langem eine eigene Familie. Jedes hatte für sie zwei Stimmen: die ihres Vaters und die ihrer Mutter. Vielleicht war es den beiden gar nicht immer so wichtig gewesen, *was* sie einander vorlasen; der Atem des Lebens, der zwischen ihnen hin und her strömte, und die Worte des Augenblicks, die auf ihm dahintrieben – das war es, was ihre Eltern entzückt hatte. Manchmal ist zwischen zwei Menschen jedes Wort schön oder kann doch wenigstens schön sein. In dem anderen Regal, das ein wenig niedriger war – vielleicht um des *ungekürzten* Websters und der McKelvaschen Familienbibel willen, dieser zwei gleichermaßen gewichtigen Bände, die obenauf lagen –, nahm die große Dickens-Ausgabe anderthalb Fächer ein. Die alten karminroten Einbände waren angesengt und ausgefranst und hingen in Streifen herunter. Der Band, dessen Rücken ganz fehlte, war *Nicholas Nickleby.* Bei den darunterstehenden Werken von Gibbon dagegen, die dem Feuer gar nicht ausgesetzt gewesen waren, hatten sich die Rücken im Laufe der Jahre aschgrau verfärbt. Und Gibbon war auch nicht sakrosankt: zwischen zwei Bänden sahen die *Abenteuer des Sherlock Holmes* hervor. Laurel staubte die Bücher alle ab und stellte sie in der gleichen Anordnung zurück.

Die Bibliothek war ein wenig dunkler als früher, da eines der beiden Fenster, durch die man zu dem Grundstück der Courtlands hinüberblickte, mit dem verglasten Schrank aus Judge McKelvas Büro verstellt war. Er war vollgestopft mit juristischen Büchern und Zeitschriften, weiteren Nachschlagewerken, Claibornes *Mississippi* und Judge Macs Gesetzessammlung für den Staat Mississippi. Die Bücher, Aktendeckel und Kassetten in den Fächern waren mit Markierungszeichen und heraushängenden Papierstreifen versehen. Oben auf dem Schrank lag auf einem Gestell sein ausgezogenes Fernrohr; es sah aus wie eine kleine Messingkanone.

Laurel schob die Glastüren auf und machte sich daran, alles so weit wie möglich abzustauben und sorgfältig wieder an seinen Platz zu stellen. Die Papiere ihres Vaters hatten ihre eigene Ordnung – sie hatte den Eindruck, daß sie dem Grad ihrer Bedeutung entsprach. Er hatte städtische Akten aufgehoben, aus den Tagen, als er Bürgermeister von Mount Salus war, und eine alte Einweihungsrede, die er bei der Eröffnung der neuen Schule gehalten hatte (»Und dies verspreche ich euch, all den jungen Menschen, die ich hier vor mir sehe: ...«). Die Versprechen waren es, was ihm diese Blätter so wichtig gemacht hatte. Eine überquellende Mappe enthielt Unterlagen über die große Flut, jene Überschwemmung, die den Besitz der McKelvas am Fluß zerstört hatte, und war voll von Schriftstücken über all das, was er gegen die Überschwemmungen und zur Hochwasserkontrolle getan hatte. Alles, was mit diesem Stück seines Lebens zusammenhing, seine Arbeit, seine Schinderei, war längst in Vergessenheit geraten. Diese Stadt war seiner nicht würdig gewesen, so wenig wie Fay, dachte sie und strich mit dem Finger über den Staub, der nun auf allem lag, was er geschrieben hatte.

Sie blickte von den Worten ihres Vaters auf und trat einen Augenblick ans Fenster. Im Nachbargarten hängte Miss Adele etwas Weißes an die Wäscheleine. Sie wandte sich, als hätte sie Laurels Blick gespürt, dem Fenster zu, hob die Hand und winkte. Es war ein Winken, das einem stummen Ruf glich. Sie ruft in ihrem Schmerz, dachte Laurel. Wie oft mußte ihr Vater, wenn er seine Augen ausruhte, hier an diesem Fenster gestanden und hinausgesehen, wie oft mußte er sie angesehen haben, ohne sie je zu sehen.

Doch als Familie hatte er die Courtlands geliebt. Nachdem sie vom Land in die Stadt gezogen waren, hatten sie das Feld hinter dem Haus bestellt und auf der Weide dahinter Kühe gehalten. Eine von Laurels Kindheitserinnerungen war, daß Mrs. Courtland Milch verkaufte und ihren Kindern zu Judge McKelvas Beunruhigung entrahmte bläuliche Milch zu trinken gab, damit sie auch die Sahne noch verkaufen konnte.

Laurel hatte bis zu dem Abend, als Dr. Courtland es ihr erzählte, nicht gewußt, daß er einen Teil seiner medizinischen Ausbildung ihrem Vater verdankte. Judge McKelva war nie wohlhabend gewesen – bis auf die letzten wenigen Jahre. Er war unerwartet zu ein wenig Geld gekommen, als man bei einer Bohrung auf den wenigen Morgen Sandboden, die er noch auf dem Lande besaß, tatsächlich Erdöl gefunden hatte. Es war keine große Summe, aber sie reichte aus, zusammen mit seinem Gehalt, das ihm auf Lebenszeit zustand, daß er sich ohne finanzielle Sorgen zur Ruhe setzen konnte. *»Siehst du wohl?«* hatte er an Laurel geschrieben – oder vielmehr Dot diktiert, die seine Worte beim Tippen gern unterstrich. »Es war doch nicht verkehrt, sich stets ein wenig Optimismus zu erhalten, auch nach der Flut. Was hältst du davon, einmal die Arbeit hinzuwerfen, dir jemanden, den du gern magst, zur Gesellschaft einzuladen und mit ihm im Frühjahr England und Schottland zu besuchen?« Als nächstes hörte sie dann, daß er im Begriff war, Fay zu heiraten.

Sie hatte sich im ganzen Zimmer umgesehen, und nun blieb nur noch der Schreibtisch. Er stand in der Mitte des Raumes. Er stammte aus Edinburgh und hatte ursprünglich dem Urgroßvater ihres Vaters gehört – eine massive, konzentrierte Präsenz, wie die eines Konzertflügels. (Das seit langem vernachlässigte Klavier im Wohnzimmer schien bar jeder Präsenz.) Hinter dem Schreibtisch gähnte der Ledersessel, nun wieder an seinem richtigen Platz.

Laurel ging auf ihn zu. Auf dem Schreibtisch hatte, ihren Vater in seinem Sessel anblickend, immer ein Bild ihrer Mutter gestanden – man hatte sie gebeten, irgendeine Arbeit, die sie gerade tat, zu unterbrechen und sich auf die Gartenbank zu setzen, und so war das Foto reichlich streng ausgefallen. Nun war das Bild nicht mehr da. Das war verständlich. Das einzige Foto, das jetzt hier noch stand, war das von ihr und Philip, wie sie beide nach ihrer Trauung die Stufen vor der presbyterianischen Kirche von Mount Salus hinunterliefen. Ihr Vater hatte es in einem silbernen Rahmen aufgestellt. (Sie hatte das gleiche getan. Ihre Ehe war auf eine magische Weise unbeschwert gewesen, leicht und mühelos – sie hatte in ihrer Kürze etwas Endgültiges, Abgeschlossenes gehabt, und all das gehörte zu ihrem Leben in Chicago und nicht hierher.)

Aber irgend etwas war auf dem Schreibtisch verschüttet worden. Hart gewordene scharlachrote Tropfen waren auf dem dunklen Holz zu sehen – kein Siegellack: Nagellack. Sie bildeten eine kleine Spur, die auf den Sessel zulief, so als habe Fay sich, auf der Schreibtischecke hockend, die Nägel gelackt und ihre Hand über die Tischplatte gleiten lassen.

Laurel setzte sich in den Sessel ihres Vaters und griff nach der obersten Schublade seines Schreibtisches. Nie bisher war es ihr in den Sinn gekommen, sie zu öffnen. Die Schublade war nicht verschlossen – war sie es je gewesen? Und sie ließ sich so leicht herausziehen, als habe sie ebensowenig Gewicht wie die leere Zigarrenkiste, die das einzige war, was sich darin befand. Eine nach der anderen öffnete sie die Schubladen zu beiden Seiten des riesigen Schreibtisches: sie waren alle ausgeräumt worden. Also war irgend jemand vor ihr dagewesen.

Gewiß, seine Dokumente hatte er in dem Bürosafe deponiert – sie waren jetzt in Major Bullocks Obhut –, und sein Testament lag im Kanzleigericht. Aber wo waren all die an ihn gerichteten Briefe – die Briefe ihrer Mutter?

Ihre Mutter hatte ihm in den Jahren ihrer Ehe, wenn sie getrennt waren, jeden Tag geschrieben; sie hatte es selbst gesagt. Ihr Vater mußte oft zu Gerichtsverhandlungen fahren oder in anderen beruflichen Angelegenheiten verreisen, und ihre Mutter verbrachte, seit sie ihn geheiratet hatte, in jedem Sommer einen vollen Monat in West Virginia, »zu Hause«, meistens mit Laurel. Wo waren die Briefe? Weggelegt, irgendwohin, zusammen mit dem im Garten aufgenommenen Foto von ihr?

Sie waren nirgendwo, da er sie nicht aufgehoben hatte. Laurel wußte es, und es hätte ihr gleich einfallen sollen: er hatte sie nie aufgehoben. Er hatte seine gesamte Korrespondenz immer unverzüglich erledigt und Briefe, wenn sie beantwortet waren, sogleich in den Papierkorb geworfen; Laurel hatte es oft genug beobachtet. Und wenn es ihre Mutter betraf, und sie nach ihr fragte, wurde er ungeduldig.

So war denn hier nichts von ihrer Mutter, was Fay hätte entdecken oder was sie, Laurel, hätte wiederfinden können. Die einzigen menschlichen Spuren waren die Nagellacktropfen. Laurel machte sich gewissenhaft daran, sie zu entfernen: sie löste sie von der Schreibtischplatte und rieb die Stellen danach mit Wachs ein, bis nichts mehr von ihnen zu sehen war.

Das war am Sonnabend.

3

»Laurel! Erinnerst du dich noch an damals, als wir *wirklich* die Brautjungfern waren?« rief Tish, als sie nach dem Essen bei ihren Drinks zusammensaßen. Es war Sonntag abend.

Während die Eltern der Brautjungfern nach wie vor in der Nähe des McKelvaschen Hauses lebten, hatten die Brautjungfern und ihre Ehemänner sich fast alle im »neuen Teil« von Mount Salus ein Haus gebaut. Und ihre Kinder waren bereits im College und lebten noch weiter entfernt.

Tishs jüngster Sohn wohnte noch bei seinen Eltern. »Er wird sich allerdings nicht blicken lassen«, hatte Tish gesagt. »Er ist nicht allein. Ein Mädchen ist vorhin durch sein Schlafzimmerfenster gestiegen – um Schach mit ihm zu spielen. Das hat sie jedenfalls gesagt. Ich nehme an, es ist dieselbe, die letzte Nacht, kurz vor elf, durch sein Fenster geklettert ist. Ich sah Scheinwerferlicht in der Einfahrt und hab hinausgesehen. Sie rufen ihn alle Augenblicke an. Mädchen. Er ist fünfzehn.«

»Und weißt du noch, wie Mama nach der Trauung weinte«, sagte Tish jetzt, »und zu deinem Vater sagte: ›Oh, Clint, ist es nicht zu traurig?‹ Und wie Judge McKelva darauf sagte: ›Nein, wieso, Tennyson? Wenn ich irgend etwas traurig daran gefunden hätte, dann hätte ich es verhindert.‹«

»*Verhindert?* Ich hab noch nie einen Menschen gesehen, der sich auf einer Hochzeit besser amüsiert hätte«, sagte Gert.

»Und trotz Krieg gab es rosa Champagner. Judge Mac hatte ihn eigens aus New Orleans kommen lassen!« rief eine von den anderen. »Und eine fünfköpfige Negerband. Weißt du noch?«

»Miss Becky hielt das alles für ein Übermaß an Verschwendung. Närrische Kindereien. Aber Judge Mac bestand auf allem, es sollte eine richtige große Hochzeit sein, mit allem Drum und Dran.«

»Immerhin war Laurel ja auch das einzige Kind.«

»Mutter hatte zuweilen abergläubische Anwandlungen«, sagte Laurel, um ihre Mutter in Schutz zu nehmen. »Vielleicht hatte sie das Gefühl, es könnte Unglück bringen, wenn wir von unserem Glück zuviel Aufhebens machten.« Von ihrem Platz auf der Chaiselongue am Fenster aus sah sie im Westen Blitze am Himmel zucken, wie die Federn eines Vogels, der ein Bad nimmt.

»Judge Mac hat sie ausgelacht und sie schließlich davon abgebracht. Erinnerst du dich noch an die Feten, die wir für euch veranstaltet haben?« Gert gab Laurel einen zärtlich-spöttischen Klaps. »Das war, noch bevor der alte Country Club abbrannte – nirgendwo ließ sich's so gut tanzen wie dort.«

»Wie tanzte Phil eigentlich, Polly? Ich hab's vergessen!« Tish hob beide Arme, als erwartete sie, daß die Erinnerung erschien und mit ihr davontanzte, um es ihr wieder ins Gedächtnis zu rufen.

»Recht gut«, sagte Laurel. Sie wandte ihren Kopf auf dem Kissen noch ein wenig mehr ab.

»Dein Daddy verstand es, große Feste zu feiern, genau wie wir – solange sich alles in einem vornehmen Rahmen hielt und solange Papa nicht schon vorzeitig zu beschwipst war«, sagte Tish. »Mama allerdings hätte sich ihre Tränen für die Hochzeit ihrer eigenen Tochter aufsparen sollen.« Tish war die einzige von ihnen, die geschieden war – so wie Laurel die einzige Witwe unter ihnen war. Tish war damals mit dem Kapitän der *Football*-Mannschaft der High School durchgegangen, die sie alle besucht hatten.

»Aber Miss Becky hätte lieber alles andere über sich ergehen lassen als ein großes Fest«, sagte Gert.

»Ich weiß noch, einmal – es muß bei einem Treffen des Advokatenverbands gewesen sein, oder vielleicht auch, als er Bürgermeister war und sie alle bei irgendeiner Sache in Jackson auftreten mußten, einerlei –, einmal jedenfalls erstand Judge Mac höchst persönlich ein Abendkleid für Becky. Er brachte es in einem Karton an und überraschte sie damit. Krepp, mit Pailletten besetzt! Irisierende Pailletten! Vom Ausschnitt bis zum Saum schillernde Pailletten«, sagte Tish. » Wo bist du damals nur gewesen, Laurel?«

Gert sagte: »Er hatte es in New Orleans aufgetrieben. Irgendein *Ladenmädchen* hatte es ihm aufgeschwätzt.«

Aus einem anderen Zimmer des Hauses tönte plötzlich Musik herüber. Duke Ellington.

»Die jungen Leute tanzen nicht etwa danach. Sie spielen Schach danach, nehme ich an«, sagte Tish leise zu Laurel. »Und Miss Becky sagte: ›Clinton, wenn ich gewußt hätte, daß du vorhast, mir ein extravagantes Geschenk zu machen, dann hätte ich dich um eine Wagenladung von Abfällen aus der Cottonölmühle gebeten.‹ Hört ihr sie nicht förmlich?« rief Tish.

»Aber sie trug es trotzdem, nicht wahr?« fragte eine von ihnen, und Tish antwortete: »Oh, sie taten alles füreinander! Selbstverständlich trug sie es. Und das Gewicht, das sie dann mit sich rumschleppte! Miss Becky hat Mama einmal im Vertrauen gestanden, daß sie das Kleid, wenn sie es nicht trug, also eigentlich fast ständig, in einem Eimer aufbewahrte!«

Die Brautjungfern lachten, daß ihnen die Tränen kamen.

»Aber wenn sie ihm die Stange halten wollte, dann trug sie es! Und mit Würde! Nur daß er noch einmal geheiratet hat, Laurel, das hat mich umgeworfen. Und als ich Fay erst sah!« sagte Gert. »Als ich sah, was er sich da angeschafft hatte!«

»Mama hat ihm zuliebe ganz am Anfang einmal gefragt, ob sie eine kleine Einladung zu ihrer Begrüßung geben dürfe – sie dachte, glaube ich, an eine Teegesellschaft. Und Fay sagte: ›Oh, bitte machen Sie sich keine Umstände mit einem großen Empfang für alle Welt. Das war etwas für Becky.‹ Der arme Judge Mac! Denn wenn es nicht gerade darum ging, sich eine Ehefrau auszusuchen, war er ein keineswegs weltfremder lieber Schatz.«

»Seit wann macht ihr euch eigentlich über die beiden lustig?« fragte Laurel mit einem Zittern in der Stimme. »Sollen sie von jetzt an nur noch als Witzfiguren für komische Geschichten herhalten?« Sie wandte sich Tish zu. »Und du kannst augenzwinkernd über Vater spotten?«

»Polly!« Tish griff sie am Arm. »Wir haben uns nicht über sie lustig gemacht. Sie waren nicht komisch – so wenig, wie mein Vater und meine Mutter es sind. So wenig, wie unser aller Eltern es sind!« Sie lachte wieder, Laurel ins Gesicht. »Wir trauern, Laurel, verstehst du nicht? Wir trauern mit dir.«

»Ich weiß. Natürlich weiß ich das«, sagte Laurel.

Sie lächelte ihnen dankbar zu und gab ihnen allen einen

Kuß. Sie würde die Brautjungfern noch einmal sehen. Morgen mittag wollten sie sie abholen, alle sechs, und sie zum Flugplatz bringen.

»Ich bin froh, daß du jetzt niemanden mehr zu verlieren hast, Kind«, sagte Miss Tennyson-Bullock resolut. Sie und der Major waren zu später Stunde noch mit dem Wagen herübergekommen, um sich von Laurel zu verabschieden.

»Was heißt das!? Sie hat Fay«, protestierte Major Bullock. »Nein, wirklich, der armen kleinen Frau ist eine gewaltige Last aufgebürdet worden. Mehr, als sie tragen kann.«

»Uns wird nicht mehr aufgebürdet, als wir tragen können«, wies Miss Tennyson ihn zurecht. Sie waren nun schon so lange miteinander verheiratet, daß ihre Verlautbarungen, wenn sie wollte, nicht nur militärischer klangen als die seinen, sondern obendrein auch endgültiger.

Laurel umarmte sie beide und sagte dann, sie wolle zu Fuß nach Hause gehen.

»Zu Fuß!« »Es regnet!« »In Mount Salus geht kein Mensch je zu Fuß!« Sie machten ein großes Getue und wollten sie zuerst nicht geben lassen. Major Bullock bestand darauf, sie zu begleiten.

An diesem letzten Abend kam ein warmer Wind auf, und jähe Regengüsse prasselten herab, als bereite sich ein Unwetter vor. Major Bullock spannte mit einem energischen Ruck seinen Schirm auf und hielt ihn galant über Laurel. Er schlug ein forsches Marschtempo an.

Major Bullock lebte durch seine Freunde. Er lebt ihr Leben mit ihnen – bis zu einem gewissen Grade, dachte Laurel. Während Miss Tennyson sein Leben lebte. Als sie jetzt nebeneinanderher gingen, begann er plötzlich, mit einer weichen, verträumten Tenorstimme ein Lied vor sich hin zu summen. Er schien heute abend etwas endgültig hinter sich gelassen zu haben. Er gewann seine gute Laune wieder.

»Er bummelte,
Er bummelte,
Er bummelte drauflos
Und war in Stadt und Land
Als Bummler wohlbekannt,
Ja, darin war er groß –«

Die ausschlagenden Ahornbäume neigten sich rund um den Square im Wind, und das kleine, über der Kreuzung hängende Schild NICHT WENDEN schwang an seinem Draht vor und zurück und überschlug sich wie ein Trapez. Die Zeiger der Uhr am Rathaus waren nicht zu erkennen. Trübe Regenaureolen umgaben den Musikpavillon und das Denkmal zur Erinnerung an die Konföderierten in dem spärlich beleuchteten Park, beides Schatten der Vergangenheit, die jetzt wirklich wie Geister aussahen und inzwischen irgendwie miteinander verheiratet schienen.

»Doch schließlich kriegten wir ihn klein, den Mister Gernegroß«, sang Major Bullock.

Das Haus lag dunkel zwischen den Bäumen.

»Fay ist nicht gekommen«, sagte der Major. »Wirklich schade.«

»Wir werden einander wohl gerade verfehlen«, sagte Laurel.

»Wie schade. Daß ihr euch nun nicht einmal Lebewohl sagen und alles Gute wünschen könnt – es ist wirklich ein Jammer.«

Den Schirm gegen den Wind gestemmt, brachte Major Bullock sie bis an die Haustür und ging mit ihr hinein, um das Licht in der Halle einzuschalten. Sein Mund stieß flüchtig auf ihre Lippen, so als stieße er unfreiwillig gegen eine Tür oder ein Traumbild – der Gutenachtkuß eines alten Mannes. Sie begleitete ihn hinaus, wartete, damit er im Lichtschein seinen Weg fand, und schloß dann rasch die Haustür hinter ihm.

Sie hatte gesehen, daß etwas nicht in Ordnung war: ein Vogel war im Haus. Es war eine von den Rauchschwalben. Sie kam aus dem Eßzimmer geschnellt und schoß vor ihren Augen wie ein Pfeil über die Treppe hin nach oben.

Laurel, noch im Mantel, lief durchs Haus, machte in allen Zimmern Licht, schloß die Fenster vor dem Regen und zog überall die Türen zur Halle hinter sich zu, vor dem Vogel. Sie lief nach oben, schlug die Tür ihres eigenen Zimmers zu, rannte durch den Flur und schließlich in das große Schlafzimmer; dort knipste sie die Lampen an, und als der Vogel sogleich auf den neuen Lichtschein zuflog, warf sie die Tür vor ihm ins Schloß.

Er konnte nicht herein. Aber war er bereits hier drinnen gewesen? Wie lange war er ungehindert im Haus umhergeflogen, durch die dunklen Zimmer gehuscht? Und jetzt konnte Laurel nicht hinaus. Sie ging im Schlafzimmer ihres Vaters und ihrer Mutter – das nun Fays Schlafzimmer war – auf und ab. Es war das erste Mal seit dem Morgen des Begräbnistages, daß sie es wieder betreten hatte.

4

Fenster und Türen ächzten, vom Sturm gerüttelt. Ruhelos flatterte der Vogel umher, stieß gegen die Wände und geschlossenen Türen oder streifte sie mit seinen Flügeln. Laurel dachte sehnsüchtig an das Telefon draußen im Flur, gleich vor der Tür.

Wovor fürchte ich mich hier? fragte sie sich mit klopfendem Herzen.

Selbst wenn du um des Toten willen geschwiegen hast: du kannst in deinem Schweigen keine Ruhe finden, nicht ruhen, wie die Toten ruhen. Sie lauschte dem Wind, dem Regen, dem umherirrenden, wild flatternden Vogel und hätte am liebsten aufgeschrien, so wie ihr die Krankenschwester entgegengeschrien hatte: »Schimpf! Schande!«

Versuche, nüchtern die Tatsachen zu sehen, befahl sie sich. Einer Person, die das Verlangen danach hat, ist es durchaus möglich, einen hilflosen Mann anzufallen; sie braucht nur mit ihm verheiratet zu sein. Sie bringt es fertig, zu dem Sterbenden zu sagen: »Genug ist genug«, auch wenn derjenige, der es mithört, seine Tochter ist, die sein Andenken schützen und bewahren will. Die Tatsachen waren ein Verdikt, und mit diesem Verdikt im Kopf ging Laurel auf und ab.

Es lag ihr nicht daran, daß Fay gestraft wurde. Sie wollte,

daß sie es eingestand – sie sollte zugeben, daß sie wußte, was sie getan hatte. Aber Fay, das wußte sie jetzt, und sie war sich dessen ganz sicher, würde antworten: »Ich weiß gar nicht, wovon du überhaupt redest.« Und tatsächlich würde sie es nicht wissen. Es war Fay nie in den Sinn gekommen, daß sie in jenem furchtbaren Augenblick in der Klinik im Unrecht gewesen war und nicht, wie sie sich immer sah – im Recht. Gerechtfertigt. Sie hatte ihm nur eine kleine Szene gemacht – das war alles.

Jemandem eine Szene zu machen, das gab Fay wahrscheinlich ein heimisches Gefühl. Sie hatte ihre Szenen in die Klinik mitgebracht – und hierher, in dieses Haus –, so wie die Angehörigen von Mr. Dalzell ihre Schachteln mit gebratenen Hühnchenkeulen in die Klinik mitgebracht hatten. Der Tod in seiner Realität ging über ihr Begriffsvermögen. Fay wußte nicht, was sie tat – es war, wie wenn Tish mit den Augen zwinkerte. Und sie wird es nie wissen, dachte Laurel, wenn ich es ihr nicht sage. Bin ich inzwischen eine so verlorene Seele wie die, fragte sie sich, die Fay vor Vater entblößt hat, und vor mir? Denn im Gegensatz zu Vater kann ich kein Mitleid für Fay empfinden. Und ich kann es nicht heucheln wie die Leute von Mount Salus, die mit ihr leben müssen. Ich muß mein Mitgefühl zurückhalten, bis sie begreift, was sie getan hat.

Und ich kann nicht aufhören, es mir zu vergegenwärtigen, dachte sie. Ich habe Fay gesehen, wie sie ihr wahres Gesicht gezeigt hat. Man könnte sie ohne weiteres vor Gericht bringen! dachte sie. Sie hörte, wie der Vogel flügelschlagend gegen die Tür prallte, und spürte, wie das Haus im Regensturm erzitterte. Fay hatte sich verraten: ich bin frei! dachte sie fröstelnd; ein tiefes Gefühl, beim richtigen Namen genannt, benennt andere. Doch frei sein heißt sprechen, sein Herz ausschütten.

Aber zu wem hätte sie sprechen mögen? Zu ihrer Mutter. Allein zu ihrer toten Mutter. Zuinnerst hatte Laurel es wohl von Anfang an gewußt. Sie blieb an dem Lehnsessel stehen und stützte sich darauf. Sie hatte den Beweis, den abscheulichen Zeugenbeweis für ihre Mutter bereit und litt Qualen, weil sie ihrer Mutter nicht davon sprechen konnte und so selbst keinen Trost fand. Das Verlangen, ihrer Mutter alles zu erzählen, zeigte seine Kehrseite, und ihr schauderte.

Vater ist, als er seine Sehkraft zu verlieren begann, Mutter ins Grab gefolgt. Und wer ist es, dessen Beispiel ich zu folgen im Begriff bin? Niemand anders als Fay, dachte sie. Die Szene, die sie sich da gerade vorgestellt hatte, wie sie ihrer Mutter das Schreckliche anvertraute, es ihr schonend, mit allem Zartgefühl beibrachte, überstieg alles, was Fay sich in der Klinik geleistet hatte. Was würde ich wohl nicht tun, welches Verbrechen würde ich nicht begehen, um Trost zu finden? fragte sie sich.

Sie hörte, wie der Vogel sich gegen die Tür warf, von oben bis unten mit den Flügeln daran entlangtrommelte. Sie hob die Hände an den Kopf und wich zurück, entwich in das angrenzende kleine Zimmer.

Es war das Nähzimmer, und es war so dunkel darin, daß sie nach der Lampe tasten mußte. Sie knipste sie an: ihre alte Leselampe mit dem biegsamen Arm; sie stand auf einem niedrigen Tisch. In ihrem Schein sah sie, daß hierher der Sekretär ihrer Mutter verbannt worden war und ebenso ihr eigener Arbeitstisch und der alte Polsterstuhl. Und dort stand der große Schrankkoffer mit den Messingbeschlägen und dort die Nähmaschine.

Bevor der Raum zum Nähzimmer geworden war, hatte sie als kleines Kind hier geschlafen, bis sie groß genug war, daß sie in ihr Zimmer an der anderen Seite des Flurs ziehen konnte. Es war kalt hier drinnen, als habe man den ganzen Winter über kein Feuer gemacht. Das Nähzimmer hatte nur einen kleinen Kamin, und der war leer – natürlich. Was für kalte Hände mußte Miss Verna Longmeier bekommen haben! dachte Laurel. Hier hatte sie, wenn sie kam, genäht und sich Geschichten ausgedacht, oder weitererzählt, was sie anderswo gesehen und gehört hatte, und dabei alles durcheinandergebracht. Ein kaltes Leben hatte sie tagsüber geführt, in den Häusern anderer Leute.

Aber einst war es hier warm gewesen – damals. Laurel sah den schmalen Rücken ihres Vaters vor sich, sah, wie ihr Vater in der Hocke saß und, nachdem er das Feuer angelegt hatte, eine ausgebreitete Zeitung vor die Kaminöffnung hielt, so daß die Flammen mit einem plötzlichen Brausen aufloderten. Damals war er jung und konnte alles.

Feuerschein und Wärme – das war es, was ihre Erinnerung ihr wiederbrachte. Da, wo jetzt der Sekretär stand, hatte ihr kleines Bett gestanden, dessen Seitenteile mit den Gitterstäben so hoch gestellt werden konnten, daß sie ihr bis zur Nasenspitze reichten, wenn sie aufrecht im Bett stand und mit erhobenen Armen darauf wartete, herausgehoben zu werden. Die Nähmaschine befand sich noch an ihrem alten Platz unter dem einzigen Fenster des Zimmers. Wenn ihre Mutter oder manchmal auch, an festgesetzten Tagen, die Näherin hier auf dem Stuhl saß und die Tretkurbel betätigte und die Nähmaschine surrte, dann saß sie, Laurel, auf dem Fußboden und spielte mit den heruntergefallenen Stoffresten, legte sie zu Sternen zusammen, zu Blumen, Vögeln, Menschen, oder was ihr sonst an Namen dafür einfiel, reihte sie aneinander, schob sie wieder auseinander, fügte sie zu Mustern oder zu Familien, hier, auf der süß duftenden Bastmatte, im Schein des Feuers oder

der Sommersonne, der über Mutter und Kind und das, womit sie sich gerade beschäftigten, hinwegstrich.

Hier war es stiller. Der kleine Raum lag hinter der Ecke der dem Wind zugewandten Seite des Hauses, ein ganzes Zimmer weit entfernt von dem Vogel und dem lärmerfüllten Dunkel. Er schien so fern von dem übrigen Haus, wie Mount Salus von Chicago.

Laurel setzte sich auf den Polsterstuhl. Die Lampe warf ihr gedämpftes Licht auf die in warmem Braun schimmernden Türen des Sekretärs. Er war vor langer Zeit aus dem Holz der Kirschbäume auf dem Anwesen der McKelvas gefertigt worden; die Jahreszahl 1817 auf dem Pultdeckel war in ein nicht ganz makelloses Oval aus anderm Holz, glatt und gelb wie ein Stück Seide, eingefügt. Obwohl ursprünglich für den Besitzer einer Plantage hergestellt, war er doch elegant genug und nicht zu groß für eine Dame. Laurels Mutter hatte ihn allein zu ihrer Verfügung gehabt. Auf seinem Giebel stand ein aus Blei gegossener Adler mit ausgebreiteten Schwingen, der die Erdkugel in seinen Fängen hielt: er war etwa so breit wie die Handspanne ihrer Mutter. In beiden Türen des Schrankteils steckte kein Schlüssel. Aber hatte dort je ein Schlüssel gesteckt? Ihre Mutter hatte, soweit Laurel sich erinnern konnte, nie etwas verschlossen. In ihrer Privatsphäre gab es keine Schlüssel. Sie hatte diese Sphäre einfach als gegeben vorausgesetzt. Nun aber angenommen, sie würde auch hier feststellen, daß alles verschwunden war?

Laurel hatte gezögert, den Schreibtisch ihres Vaters zu öffnen; hier zögerte sie nicht – jetzt nicht. Sie berührte die Schranktüren, dort, wo sie zusammenstießen, und beide öffneten sich weit. Das Innere des Schrankes glich einer kleinen Fächerwand in einem verwunschenen ländlichen Postamt, wo seit Jahren niemand seine

Briefe abgeholt hatte. Wie war es zu erklären, daß die Papiere ihrer Mutter all die vergangenen Jahre hindurch unter barmherzigem Staub gelegen hatten und der Vernichtung entgangen waren? Laurel glaubte es zu wissen: ihr Vater hätte es nicht ertragen, sie zu berühren, und für Fay wären sie nur etwas von irgend jemandem Geschriebenes gewesen – und jeder, der darauf angewiesen war, zu schreiben, würde in Fays Augen als Rivale bereits aus dem Felde geschlagen sein.

Laurel klappte die Schreibplatte herunter, griff hinauf und entnahm jeweils einem der Fächer die darin enthaltenen Papiere und Briefe. Es waren im ganzen sechsundzwanzig Fächer, aber ihre Mutter hatte, wie sie feststellte, alles nach Zeit und Ort geordnet, nicht nach dem ABC. Nur die Briefe von Laurels Vater lagen zusammen, sicherlich alle, die sie in ihrem ganzen Leben von ihm bekommen hatte – dort waren sie; die ältesten Umschläge hatten sich safrangelb verfärbt. Laurel zog aufs Geratewohl einen heraus, blickte auf den Briefbogen darin gerade so lange, bis sie die Anrede »Mein geliebter Schatz« gelesen hatte, und tat ihn wieder an seinen Platz. Die Umschläge trugen die Poststempel der Städte, in denen ihr Vater an den Kreisgerichten zu tun gehabt hatte und auch den von Mount Salus – das waren die Briefe, die er ihr, während ihrer Besuche »zu Hause«, nach West Virginia geschrieben hatte. Und unter diesen lagen die Briefe an Miss Becky Thurston, mit Bändern zusammengebunden, die jetzt fast durchsichtig waren und braune Flecken aufwiesen wie die Hände ihrer Mutter, ehe sie starb. Ganz hinten in dem Fach, das diese Briefe enthalten hatte, befand sich ein kleiner harter Gegenstand. Laurel zog ihn hervor, und ihre Finger erkannten ihn wieder, bevor sie ihn betrachtete. Es war ein zwei Zoll breiter schieferartiger Stein, dem mit einem Taschenmesser in langer Arbeit seine besondere Form gegeben worden war. So kühl und glatt wie ihre Haut war er aus seinem Schlupfwinkel hervorgekommen; er paßte genau in ihre Handfläche. »Eine kleine Schale!« hatte Laurel als kleines Kind gerufen, und sie hatte gedacht, es sei etwas, das ein noch kleineres Kind als sie gemacht habe. »Ein Boot«, hatte ihre Mutter sie mit Nachdruck berichtigt. In den Boden waren verschlungene Initialen eingeritzt: C. C. M. McK. Es war eine Arbeit ihres Vaters. Der Stein – ein Flußstein – war aus seiner Hand in die ihrer Mutter gewandert. Das war in ihrer Brautzeit gewesen, »zu Hause«.

In einem Fotoalbum waren jene Tage sorgfältig festgehalten. Laurel tastete danach auf dem Brett über den kleinen Fächern, und ihre Finger trafen auf die kantigen Pappdeckel und die seidene Quaste. Sie nahm es herunter.

Auf den beiden ersten gegenüberstehenden Seiten klebten noch die grau und fleckig gewordenen, selbstgemachten Abzüge von zwei Schnappschüssen: Clinton und Becky »zu Hause«. Einer hatte den anderen fotografiert, an der gleichen Stelle, neben einem Bahngleis stehend (in einer von dichtem Laub umgebenen Schneise); er schlank wie eine Gerte, den Fuß auf einem Meilenstein, seinen Strohhut schwenkend; sie mit beiden Händen voller Wiesenblumen, die sie unterwegs gepflückt hatten.

»Die schönste Bluse, die ich je besessen habe – ich hab sie mir selbst genäht. Den Stoff hatte Mutter gewebt, und dann wurde er mit Kermesbeerensaft gefärbt: ein tiefes, sattes Rot«, hatte ihre Mutter mit jenem feierlichen Ernst gesagt, mit dem sie von »zu Hause« sprach. »Ich werde nie wieder etwas zum Anziehen haben, das mir so zusagt wie diese Bluse.«

Wie entzückend und eitel sie als junges Mädchen gewesen war! dachte Laurel. Sie hatte sich die Bluse genäht – und hatte auch die Fotos entwickelt, denn warum sollte sie es nicht können? Und wahrscheinlich hatte sie auch den Klebstoff selbst angerührt, mit dem die Fotos eingeklebt waren.

Judge McKelva, der wie sein Vater die Universität von Virginia besucht hatte, lernte sie kennen, als er ein sorgloses Jahr lang unter Holzfällern arbeitete, die ihr Quartier in Beechy Creek hatten, wo ihre Mutter an der Schule unterrichtete.

»Unser Pferd hieß Selim. Laß hören, wie du den Namen aussprichst«, hatte ihre Mutter zu Laurel gesagt, als sie einmal hier saßen und nähten. »Ich ritt auf Selim zur Schule. Sieben Meilen über den Nine Mile Mountain, und sieben Meilen zurück. Damit mir die Zeit schneller verging, hab ich mir den ganzen Weg lang auf dem Pferderücken Gedichte aufgesagt – ich hab sehr leicht auswendig gelernt, mein kleiner Liebling«, hatte sie auf den Einspruch des Kindes erwidert. »Und für Papa war es gar nicht so einfach, bei uns da oben überhaupt Bücher aufzutreiben.«

Schon ein Jahr bevor Laurels Erinnerung einsetzte, war sie im Sommer mit »nach Hause« genommen worden. Das Haus war auf einem Berg erbaut, den man gut und gern das Dach der Welt hätte nennen können. Draußen standen Schaukelstühle in dem luftigen, saftigen grünen Gras. Im Schaukelstuhl sitzend konnte man den Fluß sehen, wo er sich um den Fuß des Berges herumwand. Hören konnte man ihn erst, wenn man sich im Zickzack hinabschlängelte und schon fast unten angelangt war. Es klang wie ein ganzes Klassenzimmer voller hypnotisierter Schulkinder, die ihrer Lehrerin im Chor etwas aufsagten. Diese Stelle des Flusses wurde *Queen's Shoals* genannt.

Beckys Eltern waren beide in Virginia aufgewachsen. Die Familie der Mutter (deren Vorfahren väterlicherseits Pfarrer und Lehrer gewesen waren) hatte um die Zeit der Sezession ihre Habe aufgeladen und war über die Grenze gegangen. Beckys Vater war auch Jurist gewesen. Aber der Berg war fünfmal so hoch wie das Rathaus und Gerichtsgebäude gewesen, hinter dem er aufragte, und unmittelbar davor toste der Fluß, dessen lärmender Lauf einer Straße glich. Und der Fluß war die einzige Straße hier.

All dies mußte Namen gehabt haben. Doch konnte Laurel sich nicht daran erinnern, je gehört zu haben, daß diese Namen genannt wurden. Es hieß immer nur »der Berg«, »der Fluß«, »das Rathaus« – Teile dessen, was »zu Hause« hieß.

Am frühen Morgen drang vom nächsten Berg, aus einer Stille in die andere, das Geräusch eines Schlages herüber, dann das Echo, dann ein weiterer Schlag und wieder das Echo, dann ein langer Schrei und der Widerhall des Schreis. Und immer so weiter.

»Mutter, was tun die da?« fragte Laurel.

»Das ist nur ein alter Mann, der Holz hackt«, sagten die Jungens.

»Er betet«, sagte ihre Mutter.

»Das ist ein alter Einsiedler«, sagte Großmama. »Er hat keinen Menschen auf der Welt.«

»Die Jungens«, sechs an der Zahl, sattelten das Pony für ihre Schwester; dann ritten sie mit ihr davon. Sie lagen auf Decken unter dem Apfelbaum, den Kopf auf den Sattel gestützt, und spielten ihr auf dem Banjo vor. Sie erzählten ihr so viele Geschichten, bis sie weinte, lauter Geschichten über Leute, die nur sie und ihre Brüder kannten; wenn sie nicht angefangen hätte zu weinen, hätte sie nie mit Lachen aufhören können. Von ihrem jüngsten Bruder, der »Billy

Boy« sang und wie ein Clown in die Saiten griff, sagte sie: »Es hat Sam gar nichts geschadet. Als ich geheiratet hab, ist er rausgelaufen und hat sich auf den Boden geworfen und geweint.«

Nahe der Tür war auf einem Pfosten eine eiserne Glocke angebracht. Falls je irgend etwas passierte, brauchte Großmama nur zu läuten.

Das erste Mal, als Laurel die Ankunft in West Virginia bewußt erlebte, statt sich einfach dort wiederzufinden, waren ihre Mutter und sie am frühen Morgen aus dem Zug ausgestiegen und standen, nachdem er weitergefahren war, verloren auf einem steilen Felsen. Alles, was sie in dem Nebel von der Welt sehen konnten, war dieser eine Felsen und der Pfosten darauf, auch mit einer eisernen Glocke, deren Seil herunterhing. Ihre Mutter zog an dem Seil, und auf das Dröhnen der Glocke hin erschien fast im gleichen Augenblick, groß und schon ganz nahe, ein graues Boot, das von zweien der »Jungens« gerudert wurde. Ihre Mutter und sie hatten unmittelbar an der Felskante gestanden, unter sich den Fluß. Das Boot schob sich aus dem Nebel hervor, und sie stiegen ein. Alles Neue im Leben trat auf diese Weise in Erscheinung.

Hühnerhunde streiften an den abschüssigen Hängen durch das üppige, lange Gras, das sie bis zur Nase umfächelte. Wenn auf dem Gipfel des Berges noch Tag war und das Licht noch warm auf die Wange traf, lag das Tal unter ihnen schon in tiefem Blau. Kam einer der »Jungens« vom Tal heraufgestiegen, sah man sein weißes Hemd leuchten, das sich lange Zeit nicht von der Stelle zu bewegen schien – wie die Venus am Himmel von Mount Salus. Oben auf dem Berg erwarteten Großmutter, Mutter und das kleine Mädchen beim letzten Tagesschein seine Ankunft.

Abermals Flügelschlagen. Über dem Berg, über dem Dach und über dem Kopf des Kindes kreisend, hatten sich hoch oben am blauen Himmel Tauben zu einem Schwarm vereinigt, glitzernd wie ein einziger Leib. Wie ein großes Laken, das in einem von ihm selbst erzeugten Wind knatterte, umflatterten die Tauben ihre Ohren. Sie ließen sich zu ihren Füßen nieder und trippelten hin und her. Laurel fürchtete sich vor ihnen, doch man hatte ihr bei Tisch Kekse gegeben, mit denen sie die Tauben füttern sollte. Sie spazierten, schillernd und kräftig, auf regenwurmfarbenen Füßen umher, jede ein wenig anders gezeichnet als die übrigen, und jede mit einer Stimme, sanft wie die eines Menschen.

Laurel hatte, von panischem Schrecken ergriffen, dagestanden und in einer starren flehenden Gebärde einen Keks vor sich hin gehalten.

»Das sind doch nur Großmamas Tauben.«

Ihre Großmutter glättete Laurels ohnehin zu glattes Haar und schob es ihr hinter die Ohren. »Sie sind nur hungrig.«

Doch Laurel hatte die Tauben in ihrem Schlag beobachtet und schon gesehen, wie zwei von ihnen sich abwechselnd die Schnäbel in den Hals steckten, einander zum Würgen reizten und eine der anderen das aus dem Kropf Hervorgewürgte wegfraßen – noch einmal hinunterschlangen, was vorher schon verschlungen worden war. Beim ersten Mal hatte sie gehofft, sie würden es nie wieder tun, doch sie *taten* es wieder am nächsten Tag, und die anderen Tauben taten es ihnen gleich. Sie brachten das Kind zu der Überzeugung, daß sie einander nicht entrinnen konnten, so wie man ihnen nicht entrinnen konnte. Und als nun die Tauben sich niederließen, wollte sie sich hinter den Rock ihrer Großmutter flüchten, der lang war und schwarz, doch ihre Großmutter sagte wieder: »Sie sind nur hungrig – wie wir.«

Wie Laurel nicht gewußt hatte, daß Flüsse hell und klar über Felsbrocken dahinschossen und dabei sangen, so wußte ihre Mutter möglicherweise nicht, daß die Tauben *ihrer* Mutter nur darauf lauerten, einander die Zungen herauszureißen. »Zu Hause« war ihre Mutter, genau wie Laurel in Mount Salus, zu glücklich, um zu bemerken, was in ihrer Umgebung vorging. Und außerdem, wenn ihre Mutter einmal näher hinsah, dann tat sie das nicht, um Tauben zu sehen, sondern um irgend etwas genau festzustellen – die Wahrheit oder einen Irrtum, einen eigenen oder den eines anderen. Laurel genierte sich, es irgend jemandem zu erzählen, bevor sie es ihrer Mutter erzählt hatte; die Folge war, daß man die Tauben als ihre Lieblinge betrachtete.

»Komm!« riefen »die Jungens« der Großmutter zu. »Laß die kleine Krabbe ihre Tauben füttern!«

Eltern und Kinder wechseln sich gegenseitig ab, in ständigem Hin und Her, vertauschen die Plätze, beschützen einander und lehnen sich gegeneinander auf: so jedenfalls erschien es dem Kind.

Manchmal war der Gipfel des Berges höher als die fliegenden Vögel. Manchmal hingen sogar Wolken weiter unten am Hang und verbargen die Wipfel der tiefer stehenden Bäume. Das höchste Haus, der tiefste Brunnen, das Stimmen der Banjosaiten; in den Wolken schlafen; *Queen's Shoals;* die muntersten Gespräche der Welt – kein Wunder, daß ihre Mutter nichts anderes brauchte!

Schließlich kam dann ihr Vater, um sie beide abzuholen – er wurde mit »Mr. McKelva« angeredet; und sie fuhren mit dem Zug nach Hause. Sie hatten einen Schrankkoffer mitgenommen – diesen Schrankkoffer, mit all den

Kleidern, die in diesem Zimmer genäht worden waren; sie hätten für immer bleiben können. Ihr Vater hatte es anscheinend nicht bemerkt. Sie kamen nach Mount Salus zurück. »Wo nehmen sie eigentlich das *Mount* her?« sagte ihre Mutter verächtlich. »Es gibt hier doch gar keinen Berg.«

Großmama war unerwartet gestorben; sie war ganz allein gewesen. Oben auf der Treppe stehend, hatte Laurel ihre Mutter fassungslos weinen hören; es war das erste Mal, daß sie jemanden fassungslos weinen hörte – außer sich selbst.

»Und ich war nicht dort! Ich war nicht *dort*!«

»Du darfst dir keine Vorwürfe machen, Becky, hörst du?«

»Ich kann mich nicht selbst belügen, Clinton!«

Sie erhoben ihre Stimmen, redeten lautstark hin und her, als könnte Schmerz in Streit umgewandelt werden und darin Trost finden. Als Laurel einige Zeit darauf nach der Glocke fragte, erwiderte ihre Mutter mit ruhiger Stimme, die Zuverlässigkeit einer Glocke hänge davon ab, wie weit die eigenen Kinder fortgegangen seien.

Nachdem sie ihre Sehkraft verloren hatte, lag Laurels Mutter in dem Bett in dem großen Zimmer und sagte sich zuweilen etwas auf, wie sie es mit sechzehn auf dem Rücken ihres Pferdes getan hatte, damit ihr der lange Ritt über den Berg kürzer wurde. Sie lasse sich nicht gern vorlesen, sie lese lieber selber vor, sagte sie jetzt. »›Wo nun das Salz dumm wird, womit soll man's salzen?‹« hatte sie gefragt, den unbekümmertsten Ausdruck in ihrem verwüsteten Gesicht. Sie erkannte Dr. Courtland am Gang und begrüßte ihn mit »›Der Mensch, der stolze Mensch, in kleine, kurze Majestät gekleidet!‹«

»Erlaubt ihnen nicht, daß sie mich anbinden«, hatte ihre

Mutter am Abend vor der letzten ihrer Operationen geflüstert. »Wenn sie mich anbinden, sterbe ich.«

Judge McKelva war nicht darauf eingegangen, doch Laurel hatte gesagt: »Ich weiß: das sind die Worte deines Vaters.«

Ihre Mutter hatte leidenschaftlich genickt.

Mit fünfzehn Jahren war Becky mit ihrem von starken Schmerzen gequälten Vater nachts auf einem Floß, das von einem Nachbarn vorwärtsgetrieben wurde, den Eisschollen führenden Fluß hinuntergefahren, um zu einer Bahnstrecke zu gelangen und dort mit einer Laterne einem schneebedeckten Zug zu winken, damit er anhielt und sie mitnahm. Sie mußten so schnell wie möglich ein Krankenhaus erreichen.

(»Wie konntet ihr auf einem Floß ein Feuer machen?« fragte Laurel, hier, auf dieser Bastmatte, sitzend. »Wie konnte ein Feuer auf dem Wasser brennen?« »Wir brauchten ein Feuer«, sagte ihre Mutter, über ihrem Finger einen Saum nähend. »Wir haben dafür gesorgt, daß es brannte.«)

Als sie endlich, in Baltimore, im Krankenhaus angelagt waren, vertraute das kleine Mädchen den Ärzten an, was ihr Vater zu ihr gesagt hatte: »Papa hat gesagt: ›Laß es nicht zu, daß sie mich anbinden – sonst sterbe ich.‹« Ihr Vater hätte es den Ärzten auch nicht mehr selbst sagen können; er war im Delirium. Er hatte, wie sich herausstellte, einen Blinddarmdurchbruch.

Zwei Ärzte kamen aus dem Operationssaal, kamen auf Becky zu, die wartend im Flur stand. »Es wäre besser, wenn du dich mit jemand in Verbindung setzt, den du hier in Baltimore kennst, Kleine.« »Aber ich kenne niemand in Baltimore, Sir.« »Du kennst niemand in Baltimore?«

Diese ungläubige Frage war Becky am deutlichsten von allem in Erinnerung geblieben, obwohl sie doch hinterher im Gepäckwagen des Zuges zurückgefahren war und sich allein nach Hause zu ihrer Mutter und dem Haus voll kleiner Brüder durchgeschlagen hatte, allein mit der Bürde der Trauerbotschaft und des Sarges.

Beide haben wir unsere Väter nicht retten können, dachte Laurel. Aber Becky war die tapferere. Auch ich stand im Flur, aber ich glaubte nicht mehr daran, daß jemand gerettet werden könne, wer auch immer. Nicht von anderen.

Plötzlich erbebte das Haus und schien, nach einem langen Donnerrollen, immer weiter zu zittern.

»Zu Hause haben wir uns gefreut, wenn ein tüchtiger Sturm aufkam. Dann stürzten wir nach draußen und rannten hin und her, um ihn zu begrüßen«, hatte ihre Mutter oft gesagt. »Wenn es stürmte, rannten wir Kinder so schnell wir konnten auf der Bergkuppe herum, mit weit ausgebreiteten Armen. Je wilder es stürmte, um so schöner fanden wir's.«

Einmal, als ein Tornado tobte, der halb Mount Salus davontrug, sagte sie: »Wir haben uns nie vor so ein bißchen Wind gefürchtet. Zu Hause haben wir einen tüchtigen Sturm freudig begrüßt.«

»Du kennst niemand in Baltimore?« hatten sie Becky gefragt.

Aber Becky hatte sich selbst gekannt.

Anfangs hatte noch so viel Zuversicht geherrscht, als ihre Augen ihr Sorgen zu machen begannen. Laurel erinnerte sich daran, wie ihre Mutter, früh am Morgen des Tages ihrer ersten Augenoperation (nach einer Spritze, die sie schläfrig machen sollte) fröhlichster Stimmung gewesen war und nach ihrem Reisenecessaire verlangt hatte;

sie hatte sich vor dem unzulänglichen Spiegel gepudert, ein wenig Rouge und Lippenrot aufgelegt und sogar Parfum um sich versprüht, als ginge sie mit ihrem Mann zu einer Abendgesellschaft. Sie hatte dem Krankenpfleger, der kam, um sie hinauszurollen, die Hand entgegengestreckt, so heiter, als werde sie, sobald Nate Courtland sie im Krankenhaus von Mount Salus von diesem kleinen grauen Star befreit habe, aufwachen und in West Virginia sein.

Wenn jemand fünf Jahre lang krank und verstört daniederliegt und geliebt wird, kann es geschehen, daß unter den Gesunden unversehens Befangenheit aufkommt.

Während des langen leidvollen Krankenlagers ihrer Mutter hatte sich Laurel, damals noch jung und erst seit kurzem verwitwet, vorübergehend gegen ihren Vater gewandt: er schien ihr so hilflos, so gänzlich unfähig, irgend etwas für seine Frau zu tun. Er grämte sich einfach nicht genügend angesichts der Veränderungen, die in ihr vorgingen! Er schien sie mit seiner üblichen, freundlichen Gelassenheit zur Kenntnis zu nehmen – sie hinzunehmen, da sie in seinen Augen nur vorübergehender Natur sein konnten. Ja, er schien sogar Gefallen an ihnen zu finden, sich manchmal sogar über ihre Unsinnigkeit zu amüsieren. »Warum läßt du es immer wieder zu, daß sie mir weh tun?« fragte ihre Mutter ihn oft. Laurel kämpfte gegen beide, mit dem einen jeweils um des anderen willen. Ihrer Mutter machte sie liebevolle Vorwürfe, daß sie sich den Stürmen überließ, die nun immer häufiger aus dem blinden Dunkel über sie herfielen. Ihre Mutter brauchte sich nur auf sich selbst zu besinnen, sich zu sammeln! Was ihren Vater anging, so bedurfte er offenbar einer hilfreichen Führung, um die Tragik zu begreifen.

Welche Lasten wir den Sterbenden auferlegen, dachte

Laurel, während sie dem Regen lauschte, der jetzt noch heftiger auf das Dach prasselte. Sie suchte nach irgend etwas, das sich nachweisen ließ, etwas, woran wir zu unserem Trost festhalten können, wenn sie nichts mehr fühlen – nach etwas, das sich ebensowenig festhalten wie nachweisen ließ: Beständigkeit der Erinnerung, Wachsamkeit gegen alles Unrecht, Selbstvertrauen, hoffende Zuversicht, Vertrauen zum Nächsten.

Bei all seiner Güte der Familie gegenüber hatte ihr Vater einen Horror vor häuslichen Reibereien, vor jedem Abweichen von Zuneigung und Zärtlichkeit, von dem Realen, dem Erklärbaren und Erkennbaren. Er war ein Mann von großem Taktgefühl – soweit es ihm nicht angeboren war, hatte er es durch das Beispiel seiner Frau gelernt. Sogar in seinem Gesichtsausdruck, in seinen Mienen bewies er Feingefühl. Doch was er nicht in der Gewalt hatte, das war sein Glaube daran, daß all die Beschwernisse seiner Frau sich zum Guten wenden müßten, da es doch nichts gab, wozu er ihr nicht bereitwillig verholfen hätte. Wenn er etwas nicht verstand, keine Worte mehr fand, setzte er einfach den Hut auf und ging wortlos aus dem Haus. Er ging dann auf eine Stunde in sein Büro und beschäftigte sich damit, einen Schriftsatz für einen Klienten abzufassen.

»Laurel, hol mir bitte aus der Schublade des Sekretärs mein altes Lesebuch fürs fünfte Schuljahr«, sagte ihre Mutter hin und wieder zu ihr, wenn sie allein an ihrem Bett saß. Es war eine Art Handbuch für sie geworden. Laurel zog jetzt, nach all den Jahren, die Schublade auf, und tatsächlich lag dort das Lesebuch noch. Sie nahm es heraus, und als sie es aufschlug, öffnete es sich bei dem Gedicht »Der Wasserfall von Lodore«. Sie hörte es ihre Mutter aufsagen, hörte, wie sie jedes Wort, das auf der Seite stand, ausgesprochen hatte – nicht die junge Mutter, die es einst auf ihrem Berg auswendig gelernt hatte, sondern die blinde Mutter, hier, in diesem Haus, in ihrem Bett im Nebenzimmer.

»… Brodelnd und quellend
Rauschend und schwellend
Tanzend und schnellend
Perlend und glitzend
Schäumend und spritzend
Flutend und flitzend …

Wirbelnd und kreisend
In strudelndem Gischt
Quirlt das und zischt
Weiß gleißend und reißend
Herum und herum
Entzückt staunst du stumm –«

Was sie auch rezitierte, immer tat sie es mit dem gleichen tiefen Empfinden. Ihrer Stimme war anzuhören, daß sie glaubte, je mehr sie sich von dem »Wasserfall von Lodore« ins Gedächtnis zurückriefe, um so besser werde sie sich verteidigen können vor irgendeiner Instanz, die ihr ans Leben zu wollen schien.

»Und sprudelnd und strudelnd
Und brausend und sausend
Und glosend und tosend
Und fließend und schießend
Und sinkend und blinkend
Und fallend und hallend …«

Wenn dann ihr Vater nach Hause kam, stand er hilflos und verwirrt vor dem Bett seiner Frau. Erschöpft hatte sie geflüstert: »Warum habe ich einen Feigling geheiratet?« – und hatte dann seine Hand ergriffen, um ihm zu helfen, es zu tragen.

Später noch sagte sie zuweilen – und ihre Stimme wurde dabei weder schwächer noch härter, es war ihre Lebenskraft, die sich in den falschen Worten ausdrückte –: »Ihr könnt nichts anderes als mir weh tun. Wenn ich wenigstens wüßte, was ich getan habe. Ist es denn nötig, daß ich so schwer bestraft werde, ohne daß man mir sagt, warum?« Und doch hielt sie ihrer beider Hände fest, auch die von Laurel. In ihrem Flehen lag keine Klage; es war Zorn, Zorn darüber, daß ihr die Antwort auf etwas, das sie wissen wollte, verweigert wurde; es war der leidenschaftliche Zorn der Liebe.

»Becky, alles wird gut werden«, flüsterte Judge McKelva ihr zu.

»Das hab ich schon oft gehört.«

Eines Tages hatte sie in ihren Qualen die Worte gekeucht: »Ich brauche geistlichen Beistand!« Sie, die es sich stets verbeten hatte, daß irgendeiner der Missionare unter den McKelvas ihr sein Sprüchlein aufsagte, ließ durch Laurel den presbyterianischen Geistlichen bitten, er möchte sie bald besuchen. Dr. Bolt war damals jung und wirkte anziehend auf Frauen – wie Miss Tennyson-Bullock zu sagen pflegte; doch sein Besuch hier oben war nicht sehr gut verlaufen. Dr. Bolt hatte damit begonnen, ihr einen Psalm vorzulesen, den sie aus dem Gedächtnis mitsprach. Ihre Zunge war schneller als die seine. Als er mit allem, was er versuchte, auf der Strecke blieb, sagte sie: »Was Sie mir auch anbieten können, lieber würde ich noch *einmal* den Berg wiedersehen.« Und als er zweifelte, ob das Gottes Plan für sie sei, sagte sie bissig: »Und auf diesem Berg, junger Mann, findet man weiße Walderdbeeren, wenn man weiß, wo man sie suchen muß. Ich denke, daß sie in der ganzen Welt wahrscheinlich nur an diesem einen Fleck wachsen. Ich könnte Ihnen sofort den Weg beschreiben, aber ich zweifle, ob Sie, dort angelangt, die Beeren auch finden würden. Sie wachsen tief im Wald – Sie würden sie sicher verfehlen. Gewiß, Sie könnten sie durch Zufall finden und Ihren Hut mit Blättern auslegen, ihn mit Beeren füllen und fortgehen – das würde nur beweisen, wie wenig Sie von diesen Beeren verstehen. Denn sobald Sie es zulassen, daß sie einander auch nur berühren, sind sie schon verdorben.« Sie blickte ihn mit ihren Augen, die fast nichts mehr sahen, starr an. »Nichts, was Sie je in Ihrem Leben gegessen haben, kann so köstlich, so aromatisch gewesen sein wie diese weißen Walderdbeeren. Sie müßten nur genau wissen, wo sie wachsen, und müßten hingehen und sie an Ort und Stelle essen – das ist alles.«

»Ich werde dich zu deinem Berg zurückbringen, Becky«, hatte ihr Vater in das verzweifelte Gesicht gesagt, nachdem Dr. Bolt auf Zehenspitzen aus dem Zimmer gegangen war. Laurel war sich ganz sicher, daß es das erste nichtige Versprechen war, das es je zwischen ihnen gegeben hatte. Und im übrigen war das Haus auf dem Berg damals schon abgebrannt. Laurel hatte den Sommer, in dem das geschah, in einem Zeltlager verbracht. Aber ihre Mutter war »zu Hause« gewesen. Sie war in das brennende Haus gelaufen und hatte unter Lebensgefahr die Dickens-Ausgabe ihres verstorbenen Vaters aus den Flammen gerettet. Sie hatte die Bände mit nach Mount Salus gebracht und im Bücherregal in der Bibliothek Platz dafür geschaffen, und dort standen sie jetzt. Doch ehe sie starb, war es ihrem Gedächtnis entfallen, daß das Haus bis auf den Grund niedergebrannt war.

»Ich werde dich hinbringen, Becky.«

»Luzifer!« schrie sie. »Lügner!«

Damals begann er denn auch, sich stirnrunzelnd als Optimist zu bezeichnen; es klang, als habe er das Wort aus seiner Kindheit heraufgeholt. Er liebte seine Frau. Was sie auch tat, weil sie nicht anders konnte – es war in Ordnung. Was sie auch sagte, weil es sie dazu trieb – es war in Ordnung. Aber es war eben *nicht* in Ordnung! Ihr Unglück war diese hoffnungslose Verzweiflung. Und niemand hatte die Macht, sie hervorzurufen, außer dem einen, den sie so verzweifelt liebte und der sich doch weigerte, daran zu denken, daß sie verzweifelt war. Verrat über Verrat.

In ihrer Not, jetzt, in dieser Nacht, wäre Laurel bereit gewesen zu wünschen, ihr Vater und ihre Mutter müßten wieder zu den Qualen des Lebens zurückkehren, denn diese Qualen waren etwas, das sie gemeinsam kennengelernt hatten – einer durch den anderen. Sie wünschte ihre Eltern zurück, wollte sie um sich haben, damit sie ihr Leid mit ihr teilten, so wie sie das Leid ihrer Eltern geteilt hatte. Sie saß da und dachte immer nur eines, sie dachte daran, wie ihre Mutter ihrer beider Hände nicht mehr loslassen wollte, und wie sie und ihr Vater die Hände ihrer Mutter gehalten hatten – noch lange, nachdem es nichts mehr zu sagen gab.

Auch das fiel Laurel ein: wie ihre Mutter die eigenen Hände vor die Augen gehalten hatte, ganz dicht, als könnte sie sie sehen, die leeren, sich immerfort bewegenden Finger.

»Ihre armen Hände, im Winter, wenn sie vom Brunnen zurückkam – sie bluteten vom Eis. Vom *Eis*!« rief ihre Mutter.

»Wessen Hände?« fragte Laurel.

»Die Hände meiner Mutter!« rief sie anklagend.

Nachdem ein Schlaganfall sie noch mehr zum Krüppel gemacht hatte, glaubte sie schließlich – unfähig, das Zimmer zu sehen, ein Gesicht zu sehen, sich von irgend etwas durch Augenschein zu überzeugen –, sie sei an einen Ort gebracht worden, wo sie weder in ihrem Haus noch »zu Hause« war, im Stich gelassen unter Fremden, denen selbst ihr Zorn nichts bedeutete, so daß sie ihn nicht an sie verschwenden wollte. Sie war wortlos gestorben, alles für sich behaltend, verbannt und gedemütigt.

Als sie Laurel noch erkannte, hatte sie ihr gegenüber eine letzte Äußerung getan: »Du hättest deiner Mutter das Leben retten können. Aber du hast dabeigestanden und wolltest dich nicht einmischen. Ich verzweifle an dir.«

Baltimore war das äußerste, bis wohin man mit denen, die man liebte, gehen konnte – wo sie einen für immer verließen.

Dann hatte Laurels Vater, als er fast siebzig war, Fay geheiratet. Zweimal wählte er in seinem Leben, beide Male hatte er gelitten. Sie hatte es trotz seiner Selbstbeherrschung gespürt. Er starb, zermürbt von beiden Frauen – fast als habe er bis zu seinem Ende beide Frauen gehabt.

Als er regungslos in der Klinik lag, hatte er sich ganz auf das Verstreichen der Zeit konzentriert, mit all seiner Kraft. Doch in welche Richtung war die Zeit für ihn gegangen? Hatte sie sich, als er nicht mehr aufstehen und sie antreiben, sie nicht mehr vorwärtstreiben konnte, gegen ihn gewandt, war sie plötzlich rückwärts gegangen?

Fay hatte zumindest einmal Becky »meine Rivalin« genannt. Aber die Rivalität liegt nicht da, wo Fay sie sieht, dachte Laurel. Sie besteht nicht zwischen den Lebenden und den Toten, zwischen der früheren Frau und der jetzigen – sie besteht zwischen zuviel und zuwenig Liebe. Keine Rivalität kann bitterer sein: Laurel hatte ihr Werk gesehen.

Noch tief in der Nacht – das dumpfe Schlagen und Stoßen blieb gleichweit entfernt, hörte jedoch nicht auf – saß Laurel im Schein der Lampe über den Papieren. Sie hielt die vergilbten Notizbücher ihrer Mutter in den Händen: Hefte mit Korrespondenzeintragungen, mit Adressen von längst verstorbenen Tanten, Vettern und Cousinen in Virginia, von Nichten und Neffen aus West Virginia, die inzwischen verheiratet und fortgezogen waren und mit denen Laurel keine rechte Verbindung mehr hatte. Die Brüder waren vom Berg in die Stadt hinuntergezogen, in die Großstadt, und der Banjospieler, der so viele Verse von »Where Have You Been, Billy Boy?« gekannt hatte, war Bankbeamter geworden. Nur der jüngste hatte zur Beerdigung seiner Schwester nach Mount Salus kommen können. Er, der einst, vom Tal heraufkommend, der »Abendstern« gewesen war, schleppte sich an zwei Stöcken zu ihrem Grab und sagte zu Judge McKelva, als sie dort nebeneinanderstanden: »Sie ist weit fort von West Virginia.«

Ein ihr vertrautes schwarzes«Aufsatzheft«, das sich in dem oberen Fach des Sekretärs gefunden hatte, lag jetzt aufgeschlagen auf ihrem Schoß: »Mein bestes Brot« – geschrieben vor zwanzig oder dreißig Jahren in der strengen, wie gestochenen Handschrift ihrer Mutter: alle Zutaten waren angegeben, aber nichts über die Zubereitung. (»Eine Köchin ist ja nicht dumm.«) Unter dem Heft hatte etwas noch Älteres gelegen, eine Schulkladde. Becky hatte von sich aus das Lehrerseminar besucht, damals, in ihrer tiefrot gefärbten Bluse. Es war sehr bezeichnend für sie, daß sie ihre Aufzeichnungen über »Das verlorene Paradies« und Miltons Universum aufgehoben und hier ins

Fach gelegt hatte, als habe sie geglaubt, sie könnten ihr noch einmal nützlich sein. Lange ruhte Laurels Blick auf den sorgfältigen Eintragungen der bescheidenen Haushaltsausgaben, glitt dann weiter über die linierten Seiten hin (es war ein altes Kontobuch von der Mount Salus Bank) bis zu der Stelle, wo sie wie befreit in ein Gartentagebuch übergingen, mit gezeichneten Plänen von ihren Rosenbeeten und von den Rabatten, wo die jedes Jahr wiederkommenden Pflanzen und Stauden standen. »Bin gerade hereingekommen. Clinton plagt sich noch draußen. Ich sehe ihn durchs Küchenfenster, wie er sich mit dem *Mermaid*-Rosenstock herumschlägt.« »Dieser dumme Feigenbaum schlägt bereits aus. Wird er's denn nie lernen?«

Das letzte Fach enthielt Briefe ihrer Großmutter, die ihre Mutter aufgehoben hatte. Briefe von »zu Hause«.

Sie zog sie aus den dünnen Umschlägen und las sie. Verwitwet, kränkelnd, vereinsamt und oft bettlägerig, hatte Großmama diese Briefe an ihre junge, wagemutige, unbekümmerte, glücklich verheiratete Tochter geschrieben wie an eine Verbannte, ohne sich je zu gestatten, all dies in so viele Worte zu fassen. Laurel vermochte es kaum zu glauben, wieviel Tapferkeit und heitere Gelassenheit aus diesen kurzen Briefen sprach, die ihre Großmutter mit fliegendem Bleistift zu Papier gebracht hatte, um sie einem der »Jungens« in die Tasche zu stecken, bevor er wieder davonritt, darauf angewiesen – Großmama damals, so wie Laurel jetzt –, daß er es nicht vergaß, sie am »Rathaus» aufzugeben. Sie las weiter und entdeckte auf einem der Blätter ihren eigenen Namen. »Ich will versuchen, Laurel zu ihrem Geburtstag ein Glas Ahornzucker zu schicken. Freilich würde ich ihr, wenn ich nur wüßte wie, noch lieber eine von meinen Tauben schicken. Sie würde Laurel aus der Hand fressen, wenn sie es ihr erlaubte.«

Ein warmes Gefühl überflutete Laurel. Sie ließ die Briefe aus der Hand gleiten und die Hefte von ihren Knien, legte den Kopf auf die Schreibplatte des Sekretärs und weinte vor Kummer um Liebe und um die Toten. Alles, was verhärtet in ihr war, ergab sich dieser Nacht, löste sich endlich. Alles, was sie gefunden hatte, hatte nun zu ihr gefunden. Der tiefste Quell in ihrem Herzen, so lange verschüttet, begann wieder zu fließen.

Wenn Phil doch hätte leben dürfen –

Aber Phil war nicht mehr da. Nichts von ihrem gemeinsamen Leben war geblieben – außer in ihrer Erinnerung. Die Liebe, so vollkommen, war in ihrer Vollkommenheit erstarrt – eingeschlossen und versiegelt.

Wenn Phil doch lebte –

Sie hatte weitergelebt, mit dieser Vollkommenheit, die unangetastet geblieben und nie eine Beunruhigung gewesen war. Nun hatte sie selbst die Vergangenheit geweckt und *er* sah sie an, Phil – er hatte gewartet, die ganze Zeit, Lazarus. Mit einem wilden Verlangen nach seinem ungelebten Leben sah er sie an, den Mund weit geöffnet.

Wie wäre dann das Ende gewesen? Angenommen, ihre Ehe hätte geendet wie die ihrer Eltern? Oder wie die ihrer Großeltern? Oder wie –

»Laurel! Laurel! Laurel!« rief Phils Stimme.

Sie weinte um das Leben, über das, was dem Leben widerfuhr.

»Ich wollte leben!« rief Phil. Seine Stimme erhob sich mit dem tosenden Wind in der Nacht und hallte um das Haus, immer wieder. Aus dem Ruf wurde ein gellender Schrei: »Ich wollte leben!«

Vier

Sie hatte, auf dem Stuhl sitzend, geschlafen wie unterwegs im Zug auf einer dringlichen Reise. Aber sie hatte tief geschlafen und fühlte sich ausgeruht.

Im Traum hatte sie tatsächlich in einem Zug gesessen, zusammen mit Phil. Sie waren über eine lange Brücke gefahren.

Jetzt, im Wachen, erkannte sie es wieder: sie hatte etwas geträumt, was wirklich geschehen war. Als sie und Phil von Chicago nach Mount Salus reisten, um sich in der presbyterianischen Kirche trauen zu lassen, waren sie mit der Bahn gefahren. Wenn Laurel zwischen Mount Salus und Chicago hin und her fuhr, hatte sie immer den Schlafwagenzug genommen, den gleichen eleganten Zug, mit dem sie vor kurzem aus New Orleans gekommen war. Sie und Phil waren mit dem Tageszug gefahren, und sie hatte die Strecke zum erstenmal gesehen.

Als der Zug hinter Cairo die lange Auffahrt zu einer Brücke erklomm und langsam immer höher stieg, bis sie über den Wipfeln kahler Bäume dahinfuhren, blickte sie in die Tiefe. Sie sah, wie das fahle Licht sich ausdehnte, sah, wie das Flußtal sich weitete, und dann wurde das Wasser sichtbar, das die noch niedrig am Himmel stehende Morgensonne widerspiegelte. Es waren zwei Flüsse, und hier vereinigten sie sich. Hier flossen die Wasser des Ohios und des Mississippis zusammen.

Sie blickten aus großer Höhe hinab, und alles, was sie sahen, drängte zur Vereinigung: die kahlen Bäume, die in langer Linie vom Horizont her näherrückten, die beiden ineinanderströmenden Flüsse, und als er sie am Arm berührte, folgte sie seinem Blick und sah das langgezogene, gezackte, wie mit dem Bleistift hingestrichelte V im kristallenen Zenit – Vögel, die gleichfalls südwärts strebten. Weit und breit sahen Phil und sie nichts als Himmel, Wasser, Vögel, Licht und das Zusammenfließen. Es war die unversehrte morgendliche Welt.

Und sie und Phil waren ein Teil dieses Zusammenfließens. Gegenseitiges Vertrauen hatte sie gerade in diesem Augenblick hierhergeführt. Es stand in Einklang mit allem, was in jenem Augenblick geschah, und es führte sie weiter, so wie auch der Augenblick fortschritt. Die Richtung selbst war etwas Schönes, Wichtiges geworden. Eins mir ihr fuhren sie dahin, vorwärts, immer weiter. Jetzt sind wir an der Reihe! hatte sie triumphierend gedacht. Und wir werden ewig leben.

In einem langen entschwundenen Jahr von einem Tod aus Wasser und Feuer um sein Leben und um sein Grab gebracht, konnte Phil ihr noch immer etwas über ihr Leben sagen. Denn ihr Leben, das Leben eines jeden Menschen, das glaubte sie fest, war nichts als die Fortdauer der Liebe, die es trug.

Sie glaubte daran, so wie sie davon überzeugt war, daß die Wasser bei Cairo noch immer zusammenflossen. Sie würden, wenn sie heute auf ihrer Rückreise darüber hinwegflog, zusammenfließen wie eh und je – diesmal ihrem Blick entzogen, Tausende von Metern unter ihr, doch würde nichts als dünne Luft zwischen ihr und ihnen sein.

Phil Hand war auf dem Lande aufgewachsen, in Ohio. Er hatte die leise bedächtige Sprechweise, die selbstlose Tatkraft und die auf weite Sicht geschmiedeten Pläne eines Jungen vom Lande. Als Werkstudent hatte er in ihrer Heimat die Architekturschule besucht – das Georgia-Technikum –, weil es dort billiger und wärmer war; kennengelernt hatten sie sich, als Laurel in den Norden kam, um in seiner Heimat zu studieren, an der Kunstakademie von Chicago. Aus lange zurückliegender Zeit, von früheren Generationen her, hätten sie eigentlich gemeinsame Erinnerungen haben müssen. (Ohio lag, von West Virginia aus gesehen, jenseits des Flusses, der Ohio war Phils Fluß.)

Doch so etwas wie eine innere Verwandtschaft bestand nicht zwischen ihnen, wie sie herausfanden. Im Leben, in der Arbeit und in der Liebe waren sie jeder gerade da schüchtern und da kühn, wo es der andere nicht war. Laurel war in jener Scheu aufgewachsen, die ihre Zuflucht darin sucht, Zuflucht zu gewähren. Bevor sie Phil kennenlernte, hatte Liebe für sie Schutz und Schirm bedeutet; ihre Arme öffneten sich weit: ein treuherziges Angebot von Geborgenheit. Er hatte ihr gezeigt, daß dies nicht unbedingt so sein mußte. Schutz und Selbstschutz fielen von ihr ab wie ein überflüssiges Gewand – ein törichterweise aus der Kindheit bewahrtes Relikt.

Philip hatte große, gute Hände und ungewöhnliche Daumen: wie mit Gummigelenken versehen an der Stelle, wo sie, fast rechtwinklig, von der Handfläche ausgingen, die langen stumpfen Daumenkuppen stark zurückgebogen. Wenn sie seine rechte Hand bei der Arbeit beobachtete, fand sie immer, daß er seinen Familiennamen zu Recht trug.

Laurel hatte eine ausgeprägte Begabung. Durch sein Beispiel lehrte er sie, diese Gabe zu nutzen. Sie lernte arbeiten, indem sie neben ihm arbeitete. Er lehrte sie zeichnen, lehrte sie, in ihrem eigenen Stil zu arbeiten und sich nicht mit Entwürfen zu verzetteln, die ihr nicht lagen.

Das Entwerfen von Häusern genügte seinem Tatendrang nicht. Er richtete sich in ihrer gemeinsamen, an der *South Side* gelegenen Wohnung eine Werkstatt ein, die die halbe Küche einnahm. »Es verschafft mir eine innere Befriedigung, Dinge zusammenzufügen«, sagte er. Ich habe es gern, wenn ein Gegenstand *fertig* ist.» Mit unendlicher Sorgfalt bastelte er einfache, nützliche Gebrauchsgegenstände. Er war nun einmal Perfektionist.

Doch ein Optimist war er nicht – das wußte sie. Phil hatte gelernt, was er bewältigen konnte, und so viel gearbeitet, wie seine Zeit ihm erlaubte, um Häuser zu entwerfen, feste, dauerhafte Häuser, in denen man leben konnte; doch er hatte gewußt, daß sie ebensogut, mit der gleichen Hingabe und der gleichen unermüdlichen Anstrengung, aus Spielkarten gebaut werden konnten.

Als das Land in den Krieg eintrat, sagte Philip: »Nicht zum Heer, nicht zu den Pionieren. Ich hab gehört, was Architekten dort passiert. Sie werden damit beschäftigt, Tarnbauten zu entwerfen. In diesem Krieg ist keine Zeit dafür, sich mit Lappalien wie Tarnbauten aufzuhalten.« Er ging zur Marine und war dann schließlich als Nachrichtenoffizier auf einem Minensucher im Pazifik.

Während Phils letztem Urlaub war Laurels Vater mit dem Zug seit Jahren zum erstenmal wieder nach Chicago gereist, um ihn zu sehen. (Ihre Mutter war nicht imstande, irgendwoanders hinzufahren als »nach Hause«.)

»Wie nahe sind dir denn diese Kamikazeflieger schon gekommen, mein Sohn?« wollte Judge McKelva wissen.

»Fast so nahe, daß wir uns die Hände schütteln konnten«, sagte Phil.

Einen Monat später waren sie ihm noch näher gekommen.

Soweit es Laurel bewußt war, hatte es in der kurzen Zeit ihres gemeinsamen Lebens keinen einzigen Mißton gegeben. Aber das Schuldgefühl, das wir haben, wenn wir die, die wir lieben, überleben, müssen wir mit Recht ertragen, dachte sie. Überleben ist etwas, das wir ihnen antun. Die Vorstellungen vom Sterben konnten nicht fremder sein als die Vorstellungen vom Leben. Das Überleben ist vielleicht die seltsamste aller Vorstellungen.

Das Haus war hell und still – wie ein Schiff, das die ganze Nacht geschlingert hat und nun in den Hafen kommt. Sie hatte nicht vergessen, was sie heute erwartete. Sie betrat das große Schlafzimmer, löschte im Vorbeigehen die Lampen, die sie in der vergangenen Nacht in panischem Schrecken angeknipst hatte, und öffnete die Tür zum Flur.

Sie sah den Vogel sofort, hoch oben in einer Gardinenfalte am Treppenfenster; auch er saß still da, ganz schmal, mit eng angelegten Flügeln.

Als die oberste Treppenstufe unter ihrem Fuß knarrte, schlug der Vogel, ohne seine Stellung zu ändern, kurz mit den Flügeln. Sie hastete die Treppe hinunter und schloß sich in der Küche ein. Dort überlegte sie, was zu tun sei, und frühstückte. Dann ging sie wieder hinauf und kleidete sich an. Als sie wieder aus ihrem Zimmer trat, saß der Vogel noch immer da.

Laute Schläge ertönten an der Haustür – wie ein plumpes, verspätetes Echo der Flügelschläge. Es bedurfte keiner Mühe mehr, sich zu erinnern: Laurel wußte, daß es in Mount Salus nur einen Menschen gab, der so an die Tür klopfte, und das war der jedes Jahr wiederkommende schlampige Tischler, der im Frühjahr erschien, um die Zugschnüre an den Schiebefenstern zu erneuern, den Rasenmäher zu schleifen und die Fliegengittertür in der Küche, die sich im Laufe des Winters gesenkt hatte, abzuhobeln. Zweifellos bot er nach wie vor Witwen, alten Jungfern und Frauen, deren Ehemänner in häuslichen Dingen unpraktisch waren, seine Dienste an.

»Diesmal hat's also Ihren Daddy erwischt. Die alte Miss ist nun schon ein Dutzend Jahre tot. Ich vermisse sie richtig«, sagte Mr. Cheek. »Sie und ihre Ideen.«

War das vielleicht ein letzter, verunglückter Beileidsbesuch?

»Was führt Sie her, Mr. Cheek?« fragte sie.

»Alle Schlösser in Ordnung? Soll ich die Zugschnüre nachspannen? Oder Ihre Möbel umstellen?« Er war immer noch der alte. Er stieg die Stufen herauf und kam geradenwegs durch die Veranda in die Halle marschiert mit seinen leicht gebeugten, nach außen gewandten Knien. Sein Werkzeug klapperte in seinem Beutel.

Ihre Mutter hatte seine vertraulichen Umgangsformen und seinen pfuschenden Hammer beklagt, hatte ihm Vorhaltungen wegen seiner Schwindeleien beim Abrechnen gemacht und hätte ihn, wäre ihr zu Ohren gekommen, daß er sie als »alte Miss« bezeichnete, auf der Stelle ein für allemal hinausgeworfen. Nun glaubte er wohl, er habe freie Bahn. »Hat es in der Nacht irgendwo durchgeregnet?«

»Nein. Ein Vogel ist durch den Schornstein hereingekommen, das ist alles«, sagte Laurel. »Wenn Sie sich nützlich machen wollen, dann schaffen Sie ihn mir hinaus.«

»Vogel im Haus?« sagte er. »Bringt Unglück, nicht wahr?« Mit wiegenden Schritten ging er, zu dicht hinter ihr, die Treppe hinauf. »Ich denke, da bin ich der rechte Mann.«

Der Vogel hatte sich nicht vom Fleck gerührt. Die Federn

mit Ruß bedeckt wie mit einer Last, drückte er sich immer noch in dieselbe Gardinenfalte.

»Ich seh ihn!« rief Mr. Cheek mit dröhnender Stimme. Er stampfte mit dem Fuß auf und dann, wie ein tanzender Clown, mit beiden Füßen abwechselnd.

Der Vogel ließ sich aus der Gardine fallen, fing sich und flog, fast die Wand streifend, um die Ecke in Laurels Zimmer, dessen Tür aufgegangen war. Mr. Cheek schmetterte mit Gebrüll die Tür hinter ihm zu.

»Mr. Cheek!«

»Na, aus Ihrem Flur hab ich ihn jedenfalls raus.«

Die Tür ging wieder auf, von selbst, so langsam, daß eindeutig nichts anderes dahinterstecken konnte als der leichte Morgenwind.

»Ich bin heute morgen nicht zu Scherzen aufgelegt«, sagte Laurel. »Der Vogel soll aus meinem Zimmer raus!«

Mr. Cheek marschierte in ihr Schlafzimmer. Sein Blick glitt zu den feuchten Musselingardinen – der Regen hatte die Stärke herausgewaschen, und Laurel wurde klar, daß ihr Fenster die ganze Nacht über offen gewesen war. Wild flatternd bohrte sich der glanzlose Vogel in das Gewebe, aber sie sah, daß Mr. Cheek nur Augen für die schadhaften Zugschnüre hatte.

»Er wird noch in jedes Zimmer hineinfliegen, wenn Sie nichts unternehmen«, sagte sie. Sie mußte sich beherrschen, nicht beide Hände an den Kopf zu pressen.

»Der will nirgendwo rein. Der will raus«, sagte Mr. Cheek und lachte triumphierend. Er marschierte im Zimmer umher, warf einen Blick in Laurels Koffer, der geöffnet auf dem Bett stand – es gab darin nichts für ihn zu sehen außer ihrem Skizzenbuch, das sie die ganze Zeit nicht herausgenommen hatte und musterte den Toilettentisch und sich selbst im Spiegel, während der Vogel abwechselnd gegen beide Gardinen stieß und dann plötzlich, schneller als Mr. Cheek, aus dem Zimmer schoß. Er hatte überall Rußspuren hinterlassen, wie ein Nachtfalter seinen Flügelstaub.

»Wo ist die junge Miss?« fragte Mr. Cheek und öffnete die Tür des großen Schlafzimmers. Der Vogel flog wie ein Pfeil hinein.

»Mr. Cheek!«

»Das hier ist mein Lieblingszimmer im Haus«, sagte er und bedachte Laurel mit einem schwarzen Grinsen. Seine Vorderzähne fehlten.

»Mr. Cheek! Ich sagte Ihnen doch – mir ist nicht nach Scherzen zumute. Sie sind hier angekommen und haben alles nur noch schlimmer gemacht. Genau wie immer!« sagte Laurel.

»Schon gut, ich berechne Ihnen auch nichts dafür«, sagte er und polterte hinter ihr die Treppe hinunter. »Alles in Ordnung bei Ihnen, soweit ich sehe«, fügte er hinzu. »Warum haben Sie sich eigentlich nie'n andern Mann genommen?«

Sie ging an die Haustür und wartete, daß er verschwand. Er lachte gutmütig. »Ja, ja, ich bin von meinen Leuten auch der einzige, der übriggeblieben ist«, sagte er. »Vielleicht sollten wir beide uns zusammentun.«

»Mr. Cheek, ich wäre sehr froh, wenn Sie jetzt gingen.«

»Genau wie die alte Miss«, sagte er bewundernd. »Nichts für ungut«, rief er, während er die Stufen hinunterhüpfte und sich davonmachte. »Sogar ihre Stimme haben Sie geerbt.«

Missouri war gekommen; sie betrat mit ihrem Besen die Veranda. »Ist was?«

»Eine Rauchschwalbe! Eine Rauchschwalbe ist durch den Kamin eingedrungen und überall im Haus herumgeflogen«, sagte Laurel. »Sie fliegt immer noch frei herum, oben.«

»Das haben wir davon, daß wir alles so schön saubergemacht haben. Wir haben uns zu früh gefreut«, sagte Missouri. »Sie haben doch nicht diesen Mr. Cheek dafür geholt? Ich wette, der ist bloß durchs Haus getanzt und hat seine Nase in jedes Zimmer gesteckt!«

»Er war ein Reinfall. Wir beide werden jetzt den Vogel gemeinsam verscheuchen.«

»So wird's wohl sein. Ich und Sie.«

Als Missouri erneut erschien, steckte sie, fest eingemummt, wieder in ihrem Regenmantel und hatte wieder ihren Hut auf dem Kopf. Den Küchenbesen angriffsbereit in der Hand, ging sie langsam die Treppe hinauf.

»Siehst du ihn?« fragte Laurel. Sie sah den schwarzen Fleck auf der Gardine am Treppenfenster, wo der Vogel versucht hatte, Ruhe zu finden. Sie hörte ihn irgendwo, ein kratzendes Geräusch.

»Er sitzt auf dem Telefon.«

»Oh, nicht nach ihm schlagen –«

»Wie soll ich ihn anders erwischen? Sehen Sie mal«, sagte Missouri. »Er hat in Ihrem Zimmer nichts zu suchen.«

»Versuch hinter ihn zu schleichen. Vögel fliegen zum Licht ja, das hat mir irgendwer erzählt. Hier – ich halte inzwischen die Haustür weit auf für ihn.« Sie hörte, wie Missouri den Besen fallen ließ. »Hier kann er doch jetzt so schön raus«, rief Laurel. »Warum fliegt er bloß nicht freiwillig in die Freiheit?«

»Die haben eben keinen Verstand wie wir.«

Laurel stieß die Fliegengittertür in der Küche auf und lief mit zwei strohgeflochtenen Papierkörben nach oben. »Ich werde ihn in die Freiheit zwingen.«

Dann sank ihr der Mut. Der Vogel hockte, klein und schmächtig, unter dem Telefontischchen, unerträglich flach an den Boden gepreßt. Er sah aus wie ein Kinderschuh ohne Fuß darin.

»Missouri, ich hab immer Angst davor gehabt, daß mich einer berührt«, sagte Laurel zu ihr. »Das erzähle ich aber nur dir.«

Die Schwalbe wirkte augenlos, blind, als sei sie noch nicht zum Leben erwacht, so still saß sie da.

»Das sind Schädlinge«, sagte Missouri.

Laurel stülpte den einen Papierkorb über den Vogel, schob dann beide Körbe ineinander und schloß ihn ein; das alles ging lautlos vor sich und war im Nu überstanden.

»Wenn ich ihn nun verletzt habe!«

»Dann holt ihn sich die Katze, das ist alles.«

Laurel lief die Treppe hinunter und zur Haustür hinaus und die Eingangsstufen hinab. Bei keinem ihrer Schritte vergaß sie, was sie da vor sich hertrug. Durch das Flechtwerk der Körbe hindurch spürte sie das leise Vibrieren – die Flügelschläge des Vogels oder das Pochen seines Herzens, den blinden Kampf gegen seine Befreiung.

Auf dem Gehweg vor dem Haus war es soweit.

»Was machen Sie denn da?« rief die alte Mrs. Pease zwischen ihren Gardinen hindurch. »Ich dachte, Sie sind dabei abzureisen!«

»Bin ich auch«, rief Laurel und zog die Papierkörbe auseinander.

Etwas streifte ihr Gesicht – nicht Federn; es war ein leichter Windstoß. Der Vogel war fort. In der Luft war er nichts als ein Flügelpaar – sie sah weder Körper noch Schwanzfedern, nur eine schräg aufsteigende, zum Himmel zurückweichende Sichel.

»Alle Vögel müssen fliegen, sogar diese schmutzigen

Nichtsnutze«, sagte Missouri von der Veranda her. »Jetzt kann ich mir noch mal die Arme ausrenken mit all der Arbeit.«

Die darauffolgende Stunde stand Laurel in der Einfahrt und verbrannte die Briefe ihres Vaters an ihre Mutter, die Briefe ihrer Großmutter und die von ihrer Mutter aufgehobenen Notizbücher, Kladden und Zettel. Sie verbrannte alles in dem rostigen Drahtkorb, der früher dazu benutzt worden war, die Blätter des Pekannußbaumes zu verbrennen – »zu säurehaltig für meine Rosen«. Sie verbrannte Miltons Universum. Auf einem runden Papierfetzen, der in dem Rauch langsam kleiner wurde, sah sie die Worte »heute morgen?« mit dem unnachgiebigen Haken des Fragezeichens ihrer Mutter, und es überkam sie der kindliche Wunsch, danach zu greifen wie nach einer auf der Straße liegenden Münze, die jeder Vorübergehende aufheben und rechtmäßig behalten darf – aber da hatte die Hitze es schon verzehrt. Was hätte sie mit dem »heute morgen?« ihrer Mutter tun können? Sie hätte es gern geändert, erneuert, ihr gern einen neuen Morgen geschenkt. Ergeben stand sie da, den geschwärzten Schürhaken in der Hand. Sie dachte an ihren Vater.

Der Rauch verhüllte den Hartriegelbaum, wie ein Schleier ein Gesicht, dessen leuchtende Unschuld vielleicht allzu offensichtlich gewesen ist. Miss Adele Courtland kam jetzt von dort herbeigeeilt, mit schnellen Lehrerinnenschritten, um Laurel noch auf Wiedersehen zu sagen. Sie betrachtete Laurels Werk, und ihre Züge versagten sich jedes Urteil.

»Hier ist noch etwas – ich möchte, daß Sie das an sich nehmen«, sagte Laurel und griff in ihre Schürzentasche.

»Polly, das darfst du nicht fortgeben. Das erlaube ich dir nicht – nein, wirklich, das mußt du behalten.« Sie drückte

Laurel das kleine Specksteinboot schnell wieder in die Hand, sagte ihr auf Wiedersehen und eilte davon zu ihrer Schule.

Laurel hatte es kaum anders erwartet. Und es würde auch niemandem gelingen, Miss Adele Courtland zu trösten: sie würde am Ende stets nur den Tröster trösten.

Oben, in ihrem Zimmer, legte Laurel ihre lange Hose und das zerknitterte Seidenkleid, das sie am Abend zuvor angehabt hatte, zusammen, tat beides mit den wenigen anderen Dingen, die sie mitgebracht hatte, in den Koffer und schloß ihn. Dann badete sie und zog wieder das Sybil-Conolly-Kostüm an, das sie auf dem Herflug getragen hatte. Sie benutzte sparsam den Lippenstift und steckte sich das Haar auf, für Chicago. Dann schlüpfte sie wieder in ihre Stadtschuhe mit den höheren Absätzen und trat einen letzten Rundgang durch das Haus an. Durch alle Fenster – Missouri hatte geduldig die Gardinen abgenommen, um sie erneut zu waschen –flutete ungehindert das Frühlingslicht herein. Sie verließ in dem ganzen stillen leuchtenden Haus nichts, das etwas vom Leben ihrer Mutter verriet, von ihrem Glück und von ihrem Leid, und auch nichts, das an Fays Kränkungen erinnerte; ihres Vaters Schwanken zwischen beiden Frauen, wie er an beiden festgehalten hatte und dann von beiden ließ, hatte keine Spuren hinterlassen.

Durch das Treppenfenster sah sie, daß der Holzapfelbaum sich in Eile sein grünes Gewand übergeworfen hatte – nur ein Ärmel war noch mit Blüten besetzt.

Aus dem Wohnzimmer waren die letzten Trauerblumen hinausgebracht worden – die Tulpen, die schön gewesen waren, bis das letzte Blütenblatt abfiel. Über dem weiß gestrichenen Kaminsims, wo die Kraniche in ihrem Mondrund, der Bettler mit seiner Laterne, der Dichter am Wasserfall an ihren alten Plätzen um die Uhr herum hingen, zeigte das Zifferblatt halb zwölf.

Gleich würden die Brautjungfern kommen. Sie war bereit.

Und dann hörte sie aus dem nach hinten hinaus gelegenen Teil des Hauses ein Geräusch – als sei eine leere Holzspule polternd aus einem Schrank gefallen und über den Boden gerollt. Sie ging in die Küche und sah durch die offene Tür Missouri, die gerade angefangen hatte, die Gardinen an die Leine zu hängen. Es roch noch nach heißer Seifenlauge.

Der ihr seit ihrer Kindheit vertraute hölzerne Küchentisch, kräftig wie das Untergestell eines alten Tafelklaviers, stand in der Mitte des Raumes auf den Fußbodendielen. Es gab zwei Küchenschränke, aber nur der neuere, der aus Metall, wurde täglich benutzt. An den alten aus Holz hatte Laurel bei ihrer Arbeit nicht gedacht, aus Unachtsamkeit, so wie sie es versäumt hatte, das Fenster ihres Zimmers bei dem Regen zu schließen. Sie ging auf ihn zu und zog und zerrte an den hölzernen Türen, bis sie nachgaben. Sie öffnete sie, und ein scharfer Geruch nach Mäusen schlug ihr entgegen.

In dem dunklen Schrankinnern entdeckte sie die Backförmchen für die kleinen Gewürzkuchen, den Sack mit Viehsalz für die Eismaschine, die Waffeleisen, die Bowle, mit den Bechern behängt und schimmernd von den öligen Regenbogen der Vernachlässigung. Fast verdeckt unter all diesen nutzlosen Gegenständen, auf dem Boden des Faches, so weit wie möglich nach hinten geschoben, aber dennoch gleichsam drauf und dran, aus dem Schrank herauszuschnellen, wartete etwas darauf, daß es von ihr gefunden wurde. Und sie war noch da, es zu finden!

Kniend räumte Laurel schnell alles aus dem Wege, griff mit beiden Händen zu, zog den Gegenstand in das nicht von Gardinen gefilterte Tageslicht und betrachtete ihn. Ja, es war das, was sie gedacht hatte. Im gleichen Augenblick spürte Laurel mehr, als sie es hier in der Küche hätte hören können, daß jemand durch das Wohnzimmer ging, durch die Bibliothek, die Halle, das Eßzimmer, dann die Treppe hinauf und durch die Schlafzimmer, die Treppe wieder hinunter – den gleichen Weg, den Laurel gegangen war – und schließlich an der Küchentür haltmachte.

»Was soll das heißen? Bist du immer noch hier?« sagte Fay.

Laurel sagte: »Was hast du mit dem Backbrett meiner Mutter gemacht?«

»Backbrett?«

Laurel stand auf, ging in die Mitte des Raumes und legte das Backbrett auf den Tisch. Sie deutete mit dem Finger darauf. »Sieh doch! Da ist die Oberfläche abgesplittert – sieh dir diese Kerben und Ritzen an. Als hättest du mit einem Pfriem Eis darauf zerkleinert.«

»Ist das ein Verbrechen?«

»Und alles verkratzt und verschmutzt! Oder hast du versucht, Nägel hineinzuschlagen?«

»Ich hab bloß die Walnüsse vom letzten Jahr darauf geknackt, sonst nichts. Mit dem Hammer.«

»Und Brandlöcher, von Zigaretten –«

»Wer braucht denn schon ein Backbrett für die Ewigkeit? Der überflüssigste Gegenstand von der Welt!«

»Und hier – die Kante!« Laurel fuhr mit dem Finger, der jetzt zitterte, daran entlang.

»Höchstwahrscheinlich gibt es in einem so alten Haus wie dem hier ein paar unternehmungslustige Ratten«, sagte Fay.

»Angenagt, schmutzig, und überall ist der Staub eingedrungen – Mutter hielt es immer glatt wie Seide und so sauber wie einen Teller!«

»Es ist doch nur ein altes Brett, oder?« rief Fay.

»Sie machte das beste Brot in Mount Salus!«

»Na gut! Wen interessiert das? Sie macht es nicht mehr, jetzt.«

»Du hast dieses Haus profaniert.«

»Ich weiß nicht mal, was das Wort bedeutet, und ich bin froh darüber. Nur vergiß nicht, daß es jetzt mein Haus ist und daß ich damit tun kann, was ich will«, sagte Fay. »Mit allem, was darin ist. Und das gilt auch für dieses Backbrett.«

Alles, was Laurel in der vergangenen Nacht empfunden und erkannt, alles, woran sie sich erinnert hatte, und soviel sie an diesem Morgen auch verstand – in der Woche zu Hause, dem Monat, in ihrem Leben –, nichts konnte ihr jetzt sagen, wie sie dieser Frau standhalten sollte, ihr, die das Leben nicht gelehrt hatte zu empfinden. Laurel wußte nicht einmal, wie sie sich von ihr verabschieden sollte.

Jay, meine Mutter hat gewußt, daß du in ihr Haus kommen würdest. Man brauchte es ihr nicht zu sagen«, sagte Laurel. »Sie hat dich vorhergesagt.«

»Vorhergesagt? Das Wetter wird vorhergesagt«, sagte Fay.

Du bist das Wetter, dachte Laurel. Und das kommende Wetter: in diesem Leben wird es noch viele wie dich geben.

»Sie hat dich vorhergesagt.«

Erfahrung wurde nun, endlich, in die rechte Ordnung gerückt, die nicht immer mit der zeitlichen Reihenfolge übereinstimmt, wie andere Menschen sie sehen. Als ihre Mutter noch am Leben war, hatte sie alle Bitternisse des Verrats durchlitten, doch erst nach ihrem Tode, als die Beteuerungen, die Andenken zu bewahren, wie Wechsel fällig wurden, war Fay aus Madrid, Texas, herbeigetrippelt. Vielleicht hatte ihr Vater vorher nie von einer Fay geträumt. Denn Fay war Bekkys ureigener Schrecken. Was Becky gespürt und wovor sie Angst gehabt hatte, das hatte für sie vielleicht die ganze Zeit hier, in diesem Haus, existiert. Vergangenheit und Zukunft mochten in einer Erschütterung des Gemüts die Plätze getauscht haben, doch konnte das nicht die innere Wahrheit in Zweifel ziehen. Fay hätte ebenso früher wie auch später erscheinen können, sie hätte jederzeit kommen können: sie war immer auf dem Wege gewesen.

»Aber deine Mutter war verrückt, als sie starb!« sagte Fay.

»Fay, das ist nicht wahr. Und keiner hat je so etwas zu sagen gewagt.«

»In Mount Salus? Aber ich hab es in Mount Salus gehört, sogar hier, in diesem Haus. Mr. Cheek hat mich aufgeklärt. Er hat mir erzählt, daß er eines Tages, als sie noch lebte, in mein Zimmer ging, und da hat sie etwas nach ihm geworfen.«

»Hör auf «, sagte Laurel.

»Es war ihre kleine Tischglocke. Sie hat zu ihm gesagt, sie hätte auf sein Knie gezielt, weil sie keinem lebenden Geschöpf etwas zuleide tun könne. Sie war verrückt, und du wirst eines Tages auch noch verrückt, wenn du so weitermachst.«

»Meine Mutter hat nie einem lebenden Geschöpf etwas zuleide getan.«

»Und ich hab noch nie Angst vor Verrückten gehabt. Und es wird dir auch nicht gelingen, mich hier zu vergraulen. Ich lasse mich von dir nicht vertreiben. Wenn hier einer vertrieben wird, dann du«, sagte Fay.

»Vergraulen. Vertreiben. Weißt du es immer noch nicht besser, Fay?« Am ganzen Leib zitternd, fuhr Laurel fort: »Wozu wolltest du Vater treiben – als du ihn geschlagen hast?«

»Ich wollte ihn ins Leben zurücktreiben!« rief Fay.

»Was wolltest du?«

»Er sollte aufstehen, sollte endlich dort raus und *mir* ein bißchen Aufmerksamkeit widmen, zur Abwechslung.«

»Er lag im Sterben«, sagte Laurel. »Das nahm seine ganze Aufmerksamkeit in Anspruch.«

»Ich hab versucht, ihm seine greisenhaften Mucken auszutreiben. *Leben* sollte er, und wenn ich ihn hinter mir herzerren mußte ... Ich rechne mir das, was ich getan hab, als Verdienst an!« schrie Fay. »Es ist mehr, als irgendwer sonst getan hat.«

»Du hast ihm weh getan.«

»Ich hab mich verhalten, wie eine Ehefrau sich verhalten soll!« rief Fay. »Hast du inzwischen völlig vergessen, was es bedeutet, Ehefrau zu sein?«

»Ich hab es nicht vergessen«, sagte Laurel. »Willst du wissen, warum dieses Backbrett hier eine so schöne Arbeit ist? Ich kann es dir sagen. Weil mein Mann es gemacht hat.«

»*Gemacht?* Wozu?«

»Weißt du, was eine mit Liebe gemachte Arbeit ist? Mein Mann hat es für meine Mutter gemacht – sie sollte ein gutes Backbrett haben. Phil hatte diese Gabe – er hatte begabte Hände. Und er hat gehobelt, gefugt, geleimt, es in den Schraubstock gespannt – alles exakt gearbeitet, sieh es dir an, es ist noch immer so gerade wie seine Reißschiene. Verzapft und genutet, genau eingepaßt, jede Kante –«

»Ich wüßte nicht, was mich weniger interessiert«, sagte Fay.

»Ich hab ihm dabei zugesehen. Er war der einzige von uns, der etwas fertigen konnte. In unserer Familie waren wir alle ziemlich hilflos in solchen Dingen – das hat uns irgendwie verbunden, uns miteinander verbunden. Meine Mutter war selig, als sie es sah. Sie sagte, es sei solide und wunderschön und genau das, was ihr schon lange gefehlt habe, und sie sei glücklich, es nun in ihrer Küche zu haben.«

»Es gehört jetzt mir«, sagte Fay.

»Aber *ich* werde es in meine Obhut nehmen«, sagte Laurel. »Du meinst, du willst mich bitten, es dir zu schenken?«

»Ich nehme es mit zurück nach Chicago.«

»Woraus schließt du, daß ich das zulassen werde? Wieso bist du plötzlich so unverschämt?«

»Weil ich das Backbrett gefunden habe!« rief Laurel. Sie legte beide Hände auf das Brett und stützte sich mit ihrem ganzen Gewicht darauf.

»Die feine Miss Laurel!« sagte Fay. »Jetzt müßten sie dich alle sehen können! Du willst es also, so wie es ist, aus dem Haus tragen? Es ist schmutzig wie die Sünde.«

»Eine Schmutzschicht kann ich beseitigen.«

»Wenn du Lust hast, dir die Haut von den Knochen zu scheuern...«

»Mit den Narben und Schrammen ist es was anderes. Aber ich werde mir Mühe geben.«

»Und was tust du dann damit – wenn du fertig bist?« fragte Fay spöttisch.

»Ich werde mein Glück versuchen und Brot backen. Heute nacht ist mir wie durch eine Fügung das Rezept meiner Mutter in die Hände gekommen. Sie hat es selbst aufgeschrieben.«

»Ein Brot schmeckt doch wie das andere, oder etwa nicht?«

»Du hast das Brot meiner Mutter nie gekostet. Sicher wird es auch mir gelingen – wenn ich mir Mühe gebe.«

»Und wer wird es dann mit dir essen?« fragte Fay.

»Phil liebte Brot. Er liebte gutes Brot. Am liebsten aß er es warm, wenn es frisch aus dem Ofen kam«, sagte Laurel. Schatten der Vergangenheit. Und voller Selbstironie sah sie sich, wie sie mit ihren Absichten durch das Haus gegangen war, ebenso zielstrebig, wie Fay bei den Zeremonien am Begräbnistag ihre eigenen Ziele verfolgt hatte. Doch natürlich hatten sie zusammentreffen müssen – es war unsinnig gewesen, anzunehmen, sie würden sich nicht begegnen, hier, wenn alles zu Ende war. Laurel war noch nicht zu spät dran, es war noch nicht zu spät für ihren Aufbruch, aber Fay war zu früh gekommen, und damit zur rechten Zeit. Denn Haß wie auch Liebe, sagte sie sich, bestimmen unsere Begegnungen und unser weiteres Leben. Sie dachte an Phil und den Hände schüttelnden Kamikazeflieger.

»Dein Mann? Was hat *der* damit zu tun?« fragte Fay. »Er ist doch tot, nicht wahr?«

Laurel nahm das Backbrett in beide Hände und hob es hoch, fort aus Fays Reichweite.

»Willst du ausgerechnet *damit* zuschlagen? Hast du nichts Besseres als ein altes verrottetes Backbrett?«

Laurels Hände umklammerten das Brett. Sie hielt es über ihrem Kopf, doch einen Augenblick schien es, als trage das Brett sie – ein Floß im Wasser, das sie davor bewahrte, in die Tiefe zu sinken, dorthin, wohin die anderen ihr vorausgegangen waren.

Vom Wohnzimmer her hörte man ein leises Schwirren, und es schlug zwölf.

Laurel ließ das Brett sinken und hielt es waagerecht zwischen sich und Fay.

sie rasch an sich und eilte dann die Stufen hinunter und zu dem Wagen, wo die Brautjungfern auf sie warteten: sie hielten ihr die Tür auf und riefen ungeduldig nach ihr.

»Endlich«, sagte Tish. »Du wirst es gerade noch schaffen.«

Sie fuhren am Rathaus vorbei und bogen an der Schule um die Ecke. Auf dem Schulhof stand Miss Adele mit ihren zu einem Spiel gruppierten Erstkläßlern. Sie winkte. Auch die Kinder winkten. Das letzte, was Laurel sah, bevor der Wagen davonschoß, war das Wedeln ihrer Hände, der vielen kleinen, unbekannten Hände, die ihr Lebewohl winkten.

»Du hast das Brot meiner Mutter nie gekostet. Sicher wird es auch mir gelingen – wenn ich mir Mühe gebe.«

»Und wer wird es dann mit dir essen?« fragte Fay.

»Phil liebte Brot. Er liebte gutes Brot. Am liebsten aß er es warm, wenn es frisch aus dem Ofen kam«, sagte Laurel. Schatten der Vergangenheit. Und voller Selbstironie sah sie sich, wie sie mit ihren Absichten durch das Haus gegangen war, ebenso zielstrebig, wie Fay bei den Zeremonien am Begräbnistag ihre eigenen Ziele verfolgt hatte. Doch natürlich hatten sie zusammentreffen müssen – es war unsinnig gewesen, anzunehmen, sie würden sich nicht begegnen, hier, wenn alles zu Ende war. Laurel war noch nicht zu spät dran, es war noch nicht zu spät für ihren Aufbruch, aber Fay war zu früh gekommen, und damit zur rechten Zeit. Denn Haß wie auch Liebe, sagte sie sich, bestimmen unsere Begegnungen und unser weiteres Leben. Sie dachte an Phil und den Hände schüttelnden Kamikazeflieger.

»Dein Mann? Was hat *der* damit zu tun?« fragte Fay. »Er ist doch tot, nicht wahr?«

Laurel nahm das Backbrett in beide Hände und hob es hoch, fort aus Fays Reichweite.

»Willst du ausgerechnet *damit* zuschlagen? Hast du nichts Besseres als ein altes verrottetes Backbrett?«

Laurels Hände umklammerten das Brett. Sie hielt es über ihrem Kopf, doch einen Augenblick schien es, als trage das Brett sie – ein Floß im Wasser, das sie davor bewahrte, in die Tiefe zu sinken, dorthin, wohin die anderen ihr vorausgegangen waren.

Vom Wohnzimmer her hörte man ein leises Schwirren, und es schlug zwölf.

Laurel ließ das Brett sinken und hielt es waagerecht zwischen sich und Fay.

»Ich will dir mal was sagen: du warst eben drauf und dran, dich zum Narren zu machen«, sagte Fay. »Du wolltest mir diese Planke über den Kopf schlagen, aber du hättest es nicht fertiggebracht. Du weißt nicht, wie man kämpft.« Sie kniff das eine Auge zusammen. »Mir hat es eine ganze Familie beigebracht.«

Doch natürlich erkannte Laurel, daß es Fay war, die nicht zu kämpfen verstand. Denn Fay trug weder die Kräfte der Leidenschaft noch die der Phantasie in sich, und es fehlte ihr jede Möglichkeit, diese Kräfte bei dem anderen wahrzunehmen oder gar an sie heranzukommen. Soweit es das nach innen gewandte Leben anderer betraf, hätten sie für Fay ebensogut unsichtbar sein können. Um sie ausfindig zu machen, konnte sie lediglich mit ihren kleinen Fäusten um sich schlagen oder aus ihrem kleinen Mund in die Gegend speien. Sie konnte gegen einen fühlenden Menschen nichts ausrichten, so wie sie ihn nicht lieben konnte.

»Ich glaube, du unterschätzt jeden Menschen auf dieser Erde«, sagte Laurel.

Sie war bereit gewesen, Fay weh zu tun. Sie hatte ihr weh tun wollen und hatte gewußt, daß sie dazu imstande war. Doch so seltsam ist unser Herz – der Gedanke an das Kind, an Wendell, hatte sie daran gehindert.

»Ich weiß gar nicht, warum du soviel Getue darum machst. Was siehst du bloß in dem Ding?«

»Alles, Fay, die ganze Geschichte. Die ganze Vergangenheit«, sagte Laurel.

»Wessen Geschichte? Wessen Vergangenheit? Meine jedenfalls nicht«, sagte Fay. »Die Vergangenheit bedeutet mir nichts. Ich gehöre der Zukunft, hast du das nicht gewußt?«

Und Laurel kam der Gedanke, daß Fay dem Andenken

ihres Vaters vielleicht schon untreu geworden war. »Ich weiß wenigstens, daß du der Vergangenheit nichts bedeutest«, sagte sie. »Du kannst ihr nichts antun.« Und ich auch nicht, dachte sie, auch ich bedeute der Vergangenheit nichts und kann ihr nichts antun, obwohl sie mir alles bedeutete, mir alles gegeben hat, alles für mich getan hat. Die Vergangenheit ist unerreichbar, wie Vater es in seinem Sarge war: man kann ihr weder helfen noch sie verletzen. Sie ist wie er, unzugänglich, und sie kann nie geweckt werden. Die Erinnerung ist der Schlafwandler. Mit Wunden bedeckt kommt sie zurück, vom anderen Ende der Welt, wie Phil, ruft uns bei unseren Namen und fordert die ihr zustehenden Tränen. Sie wird nie unzugänglich sein. Die Erinnerung ist verletzbar, immer wieder, doch darin mag am Ende ihre Barmherzigkeit liegen. Solange sie verletzbar ist, verwundbar durch den gelebten Augenblick, lebt sie für uns, und solange sie lebt und solange wir es vermögen, können wir ihr Gerechtigkeit widerfahren lassen.

Von der Auffahrt her hörte man das Geräusch eines ankommenden Wagens und das Hupsignal der Brautjungfern.

»Nimm es!« sagte Fay. »Dann brauch ich mir eine Sache weniger vom Hals zu schaffen.«

»Schon gut«, sagte Laurel und legte das Backbrett zurück auf den Tisch, wo es hingehörte. »Ich glaube, ich kann auch darauf verzichten.« Die Erinnerung lebte nicht in ursprünglichem Besitz, sondern in den befreiten Händen, losgesprochenen und befreiten Händen, und in dem Herzen, das, leer geworden, sich wieder füllen kann, in den von Träumen wiederhergestellten Bildern. Laurel ging an Fay vorbei, ging hinaus in die Halle und nahm ihren Mantel und ihre Handtasche. Missouri kam durch die Veranda angelaufen, um ihr den Koffer zu tragen. Laurel drückte sie rasch an sich und eilte dann die Stufen hinunter und zu dem Wagen, wo die Brautjungfern auf sie warteten: sie hielten ihr die Tür auf und riefen ungeduldig nach ihr.

»Endlich«, sagte Tish. »Du wirst es gerade noch schaffen.«

Sie fuhren am Rathaus vorbei und bogen an der Schule um die Ecke. Auf dem Schulhof stand Miss Adele mit ihren zu einem Spiel gruppierten Erstkläßlern. Sie winkte. Auch die Kinder winkten. Das letzte, was Laurel sah, bevor der Wagen davonschoß, war das Wedeln ihrer Hände, der vielen kleinen, unbekannten Hände, die ihr Lebewohl winkten.